Valérie Weidmann

I0654890

Le Grand Ecart

Éditions Dédicaces

Dépôt légal :
Bibliothèque et Archives Canada
Bibliothèque et Archives nationales du Québec

Un exemplaire de cet ouvrage a été remis
à la Bibliothèque d'Alexandrie, en Egypte

ÉDITIONS DÉDICACES INC
6285, rue De Jumonville
Montréal (Québec) H1M 1R7
Canada

www.dedicaces.ca | www.dedicaces.info
Courriel : info@dedicaces.ca

Valérie Weidmann

Le Grand Ecart

À Théophile

« *L'histoire qui va suivre est véridique dans ses moindres détails,
à moins qu'une affreuse erreur n'ait tout faussé depuis le début.* »

- ROLAND TOPOR

Préface

Ce que l'on devient ne passe pas toujours par ces parcours convenus et tristes des scolarités réussies et des « bonnes » voies professionnelles. Se découvrir et exister prend une meilleure saveur dans la fugue… Jadis on se « louait », on faisait un tour de France ou du Monde en perfectionnant un métier ou on émigrait aux Amériques… Partir… N'importe comment avec son petit bagage, sans but précis, sans complice, au hasard des rencontres et des aventures, sans autre attente que celle de découvrir de nouveaux chemins allant vers de nouveaux villages dans des compagnies toujours changeantes et parfois douteuses…

Il faut se prêter à ce jeu d'épisodes dans la réalité toujours changeante, parfois cruelle, parfois folle, parfois aimable, mais toujours humaine…

Et on se prend à aimer cette fille qui se construit dans sa confrontation courageuse et digne aux ambivalences infinies de l'autre. Elle est libre. Elle choisit. Elle repart. Elle ne juge pas… Elle traverse les espaces, les mots, les croyances, les drogues, les violences occultes ou explosives. Elle émerge des pièges de plus en plus forte.

Elle est belle et vivante. Certains peintres aiment le travail au couteau en pleine pâte. L'humain est la matière dont on apprécie ici les solides touches. Cette écriture à cette saveur puissante qui réconforte, rassure et encourage à poursuivre sa route.

Les artistes seuls reconnaissent ces harmonies du corps et de l'esprit. Elle va enfin créer et danser. Et découvrir cette limite de soi qu'est le grand écart.

Il est ce symbole révélateur qui interdit le retour, la fuite et met fin à l'errance. Il faut bien vivre là et accepter ce corps. L'esprit rebelle se soumet à la chair et s'approprie rigoureusement un espace que l'on rend familier.

L'aventure s'achève nécessairement avec l'enfant qui se saura promis à poursuivre le voyage. Seul comme il se doit. Il est des espèces dont l'avenir est nidifuge.

Il faudra aussi que la mort vienne dire son mot. Elle aime embrasser ces indépendances farouches qui la provoquent excessivement par leurs audaces.

Nous voici devant ce roman sans exemple. Il n'est ni démonstratif, ni romantique. Il ne fait pas commerce de l'étalage de sentiments. L'obscur, le dérisoire, le sordide, l'étrange, sont ici chez eux sans ces affichages qui font du récit un produit marchand pour la foule qui aime frissonner à petit prix…

C'est elle et une autre. Elle est vivante et attentive. Je la connais. Elle accompagne artistes et entrepreneurs dans leur démarche toujours hasardeuse. Son souci est de leur suggérer la fermeté de posture qui tient chacun dans cette fierté improbable d'être soi que tout contrarie.

Ce livre que je préface sans aucune hésitation n'est pas venu par hasard entre mes mains. Je l'attendais depuis toujours. C'est un accouchement annoncé dans cette maïeutique Socratique qui me fait raison d'être. Ce n'est pas un livre autobiographique, la vérité est pire. Il faut le lire et le relire comme une splendide et sauvage métaphore de l'éclosion d'une femme libre comme on en rencontre infiniment peu.

Accompagnez là, vous allez l'aimer.

Le grand écart ? Il fallait l'oser.

GEORGES BOTET PRADEILLES
Docteur en Psychologie. Ecrivain

Claude François est mort

J'étais loin.

J'étais sur une plage de Gran Canaria. Une nuit.

Une plage où les touristes ne vont pas. Loin. La mer était noire devant moi.

Il y avait une lueur rouge un peu plus bas sur la plage à droite, un feu certainement, et il y avait cette odeur de poisson grillé qui me parvenait. J'étais là, dans mon sac de couchage sous mon toit improvisé, une vieille barque en bois vermoulu, retournée, il restait quelques vestiges de peintures sur un côté, elle avait dû être bleue et blanche. Elle me servait de maison de fortune, je m'y faufilais le soir venu, elle m'abritait de la pluie, du vent et des regards.

Trois jours, ça faisait trois jours que je n'avais parlé à personne, d'ailleurs, je ne connaissais pas un mot de cette foutue langue qui roulait.

Trois jours avec un blanc dans ma tête.

Je venais de fêter mes quinze ans à Barcelone, on mettait encore des bombes dans le métro et des banderoles flottaient au-dessus de nos têtes : « *Libertad de expresión* »

La traversée avait été superbe et lente. Le bateau le moins cher est souvent le plus long, il faisait de nombreuses escales. Je passais mon temps sur la passerelle à regarder l'horizon. C'était la première fois que je prenais un bateau, je ne me lassais pas de ce désert aquatique. Il y avait une dizaine de voyageurs, des Français, nous échangions quelques mots parfois, des banalités.

Nous avions passé une semaine entière sur ce petit rafiot sympa, nous mangions les restes que je demandais au serveur du restaurant. J'avais sympathisé avec le chef cuisinier et il nous gardait les plats au chaud, mais parfois notre repas se composait uniquement du dessert ou de l'entrée.

Nous ne dormions pas ensemble.

Il ne m'avait plus approché depuis notre départ, ni une caresse, ni un baiser.

Quelques regards, parfois. Nous partagions la même cabine, c'est tout.

Auparavant, c'est-à-dire juste avant ce voyage, nous étions des amoureux, enfin je croyais. Enfin, j'avais voulu y croire.

Il avait débarqué dans ma ville, il était très beau, il travaillait, il livrait le charbon. La première fois que je l'ai vu c'était au bar du *Bon Coin* ; je jouais au baby foot, il s'était rapproché, là, debout à côté de moi, j'avais senti son regard. Puis, par la suite, assise devant ma bière, j'avais pris le temps de le regarder à mon tour, cheveux longs, frisés, regard noisette, corps musclé. Oui, il était beau.

Toutes les filles étaient tombées amoureuses de lui. Popof.

Lui, il n'avait d'yeux que pour moi, pour mon regard bleu. C'est lui qui m'avait abordé, il n'était que de passage, il se faisait un peu d'argent pour repartir « faire la route » vers les îles … un vrai hippie, comme je les imaginais.

Ma vie à cette époque était celle des adolescents du Nord-Est de la France. Les adultes devenaient de plus en plus tristes, le travail commençait à disparaître, les mines fermaient, les usines aussi. Là-haut, on ne vivait que grâce à cette industrie… D'ailleurs, les sorties scolaires tournaient autour de la visite de la mine, de l'acier en fusion et… ah oui, il y avait aussi la ligne Maginot qu'on allait voir pour se rappeler que la guerre avait été une véritable misère.

Comme tout le monde devenait triste et qu'on était à la frontière de la Belgique, c'est-à-dire à côté de la Hollande et que la Hollande nous fournissait en herbe de tout genre – plutôt mauvais, le genre – nous avions « naturellement » tous commencé par le joint, puis la plupart avaient continué avec les drogues dures, certains en étaient déjà morts.

Un soir, j'avais même accompagné un copain, Marc, devant la porte de l'hôpital, il était très blanc et n'arrivait plus à respirer, il vomissait… Les autres m'avait dit de le laisser, de partir vite, sinon j'aurais des ennuis, je les avais écoutés. Déjà que cette nuit-là, je m'étais échappée par la fenêtre de ma chambre… Il ne fallait peut être pas en rajouter…

J'avais appris le lendemain la mort de Marc. Mais les consommations nocturnes ne changèrent pas. Il y a eu d'autres départs, la livraison, cette fois-là, avait été particulièrement néfaste, mortelle.

Je n'y touchais pas à cette poudre, j'avais trop peur.

Ça, c'était ma vie avec l'extérieur.

À l'intérieur, ce n'était pas plus joyeux… Mes parents s'entretuaient à leur façon, à petit feu. Ils ne savaient plus se parler, alors ils bavardaient chacun leur tour avec le chien, un basset haut sur pattes, roux, hargneux et qui m'ignorait.

Nous, mes frères et moi, avions une grande chambre, c'était notre univers.

Personne n'entrait sans autorisation, des posters de groupes de musique pop décoraient les murs. Les Pink Floyd, les Doors et Maxime Le Forestier retentissaient en permanence, nous ne nous parlions que très peu, comme terrés dans notre caverne.

Je n'arrivais plus à faire le lien entre ma vie dedans et dehors.

Je n'arrivais plus à me connecter avec le présent. Je revenais de trois ans d'un internat privé. Les Sœurs… De celles qui vous ouvrent le courrier et qui ne vous laissent pas ouvrir la bouche, de celles qui punissent et qui vous regardent pendant la corvée, de celles qui vous matent pendant la toilette aux lavabos, de celles qui vous réveillent avec un claquement de mains le matin dans le dortoir où 30 filles se morfondent sous les draps et rêvent d'un matin meilleur.

Le silence faisait partie de l'ordre imposé, seuls pouvaient résonner les pas dans le cloître, dans les couloirs interminables, bavarder entraînait inexorablement la sanction.

Oui, brillante, je l'étais. Là bas nous n'avions que le travail scolaire à fournir, le reste était interdit de toute façon. Sortie de là, j'avais commencé une seconde chez des frères cette fois-ci. Là, nous pouvions parler mais nous n'étions pas libres de notre parole.

Un jour, le professeur de français, religieux, m'avait obligé de dire que dans le poème *Élévation*, Charles Baudelaire parlait de Dieu :

> « *Au-dessus des étangs, au-dessus des vallées,*
> *Des montagnes, des bois, des nuages, des mers,*
> *Par delà le soleil, par delà les éthers,*
> *Par delà les confins des sphères étoilées, etc.* »

Mais j'avais beau relire les alexandrins, je comprenais le mouvement vers le spirituel, je voyais bien l'opposition du spleen et de l'idéal, je visualisais l'envol, l'ascension, mais je ne voulais pas m'en tenir à cette image trop naïve d'un Dieu dans le ciel. Elle réveillait en moi toute l'incohérence de ces dernières années, chez les sœurs, de ces injustices, de ce mal-être, de cette non-place… Je voulais y voir autre chose, un espoir concret, non pas une vaine bondieuserie.

C'est donc à cet instant précis, devant ce professeur de français, que j'avais décidé de quitter ce que je vivais.

Je suis donc partie un soir avec Popof pour les îles Canaries.

À l'époque, nous parlions tous de « faire la route », j'avais senti qu'à ce moment-là, je la faisais, en vrai. Sac au dos, pull marin, 50 francs en poche, un voyage de plus, j'avais déménagé déjà plus d'une quinzaine de fois : l'inconnu ne me fait pas peur, parfois je le cherche, il fait partie de mon fonctionnement.

Certes à cette époque, je me cherchais moi-même, j'étais perdue.

Mais ce départ était pour moi un espace où me trouver.

Le voyage avec Popof s'était donc relativement bien passé. Je garderai toujours en bouche le goût de cette première vraie aventure, le jour qui se lève, le fromage frais des halles du petit déjeuner à Barcelone, juste avant d'embarquer sur le bateau des îles.

Et puis, tout était nouveau, inconnu, étranger… Les Ramblas, le marché, les couleurs, le soleil, la langue… j'avais cette sensation de liberté qui donne des ailes et de l'insouciance.

Et voilà que, descendus du bateau, une fois arrivés à Gran Canaria sur la terre ferme, Popof, qui avait pris de plus en plus de distance pendant la traversée, me dit :

« Tu as quitté tes parents, ton école, alors, voilà, je te laisse maintenant, ciao. »

Je me répétais ses mots, je souhaitais qu'ils m'atteignent et qu'ils agissent mais je ne comprenais pas.

Enfin,, je ne voulais pas comprendre, je le voyais s'éloigner, je le suivais, de loin, abasourdie. Ma tête s'est arrêtée à cet instant, mes pieds continuaient à emboîter ses pas…

Je me souviens d'avoir lu furtivement « *Claude François est mort* » dans le journal, au kiosque de la place principale.

Ça m'a stoppée net. « *Claude François est mort.* »

Le temps s'est suspendu, un nuage blanc s'est installé dans ma tête. L'insu me pénétrait comme de l'ouate.

Le soir tombé, j'errais vers la plage, il me fallait m'éloigner de la lumière, du bruit, du monde. Sur cette plage, loin de tout, j'avais trouvé cette barque en bois retournée.

Arroz a la cubana

La plage. La barque. La mer noire.

J'étais là, sur cette plage depuis trois jours sans voir, ni parler à personne, vide.

Et puis, je le vis devant moi. J'avais bien senti cette odeur de poisson grillé se rapprocher, mais je mis du temps à entr'apercevoir le bout de carton sur lequel plusieurs sardines s'entassaient. Un homme me tendait ce plateau fumant et me faisait signe avec les doigts pointés vers sa bouche. *« Come. »*

Je pris un poisson, le posai sur mon genou et tentai d'arracher des bouts de chair avec mes doigts. L'homme se mit à rire, prit également un poisson, le porta à sa bouche et arracha la chair avec ses dents, comme on mange une cuisse de poulet. Je n'avais jamais mangé du poisson ainsi. Il riait, bouche ouverte et pleine. J'aperçus alors son regard, il me semblait bon.

Je l'imitai rapidement, j'arrachai la chair de ces poissons, je m'en mettais plein le menton, je découvrais que j'avais faim, des couleurs se mirent à remplir de nouveau ma tête.

Je finis le succulent dîner, il m'avait regardé pendant tout ce temps, il avait repris son bout de carton et il était reparti rejoindre la lueur plus loin à droite ; c'était un groupe de pêcheurs autour d'un feu.

L'homme, c'était Juan.

Au petit matin, il était venu me réveiller, il avait pris mes affaires et les avait enfermées dans un coffre sur la plage. Il me tenait par le bras comme une prisonnière et m'emmenait en ville. Je me sentais docile. Je ne tentais même pas de lui parler.

J'avais retrouvé les couleurs mais je ne parvenais toujours pas à émettre un son. J'étais restée muette.

Arrivée devant les halles, il me montra la camionnette pleine de caisses de poisson, je compris que je devais les décharger avec lui. Il était tôt, le jour se levait à peine. Juan portait trois caisses à la fois quand je n'en portais qu'une, il fallait les emmener dans une chambre froide derrière les stands du marché couvert. Me voyant peiner, il m'attrapa par la taille, me souleva et me posa sur le plateau de la camionnette, je devais à présent lui passer les caisses et les empiler sur ces bras musclés et tendus.

Quand tout fut déchargé, il m'emmena au petit bar juste à côté des halles et m'offrit un café, il me donna 75 pesetas.

Je venais de commencer ma première journée de travail.

Ainsi, Juan le pêcheur venait me réveiller tous les matins pour aller travailler aux halles. Nous avions trouvé notre organisation pour être efficace. Nous ne parlions toujours pas, mais nos gestes étaient précis et rapides.

Au bar où les pêcheurs et les poissonniers se retrouvaient tous les jours, il n'y avait pas de femme, à part la patronne qui restait toujours dans sa cuisine et passait les plats par une petite fenêtre.

Un jour, j'avais bu mon café comme après chaque déchargement et j'avais débarrassé les couverts, pris le balai pour nettoyer autour de notre table.

Le patron m'avait alors offert le repas. Puis, c'est devenu une habitude, je débarrassais et je balayais tous les jours. Ensuite, j'ai fait la vaisselle, les vitres… j'avais même le droit d'aller en cuisine avec la patronne, parfois j'y passais une bonne partie de la journée.

J'avais de quoi manger, on me donnait quelques pesetas en plus et j'avais mon salaire des caisses de poissons avec Juan. Le soir, je retrouvais le groupe de pêcheurs pour la grillade à côté de ma barque-maison.

Juan le pêcheur me protégeait. Personne ne m'approchait.

Les couleurs s'animaient de plus en plus dans ma tête mais je ne parvenais toujours pas à parler.

Ça ne me gênait pas de ne pas parler, j'avais déjà eu l'expérience du mutisme autrefois.

Je devais avoir 8 ou 10 ans, le père de mon amie Alexandra avait un orchestre de bal et lors d'une répétition, un après-midi, peut être un samedi ou un jeudi, il nous avait donné un micro et nous avions fait les chœurs. Au fur et à mesure de la répétition, prenant très au sérieux notre rôle, nos voix s'étaient placées. Son père nous avait alors proposé de monter sur scène le samedi soir suivant, pour le bal, sur la chanson *Isabelle, je t'aime* des Poppies.

Mes parents avaient refusé net.

Alors, je n'avais plus parlé pendant 15 jours. Mon institutrice s'était inquiétée, moi non, je savais que ça allait me revenir. La parole est simple, avoir quelque chose à dire est plus difficile.

Donc, ça ne me gênait pas de ne pas parler. À ce moment-là, je n'avais rien à dire. Sur l'île, je me nourrissais, je dormais, ça me semblait essentiel.

Un matin, après le déchargement des caisses, Juan était parti, j'étais en train de manger de « *l'arroz a la cubana* », je mangeais souvent ce plat, c'était un repas complet : du riz, un œuf sur le plat, de la sauce tomate et une banane cuite, il faut mélanger le tout et souvent ça me permettait de faire un seul repas par jour.

Donc, ce jour-là, finissant mon plat, j'entendis une conversation en français dans le bar. Trois Français parlaient haut et fort du dernier résultat d'un match de je ne sais plus quel sport. De les entendre m'avait rappelé quelque chose de familier, c'était chaud. Ça m'appartenait. C'était une partie de moi. Je me reconnectais à un langage, à une histoire, à un enchaînement d'épisodes. Le tout venait se déposer dans mon corps et me redonnait du contenu, une voix. Je me mis à parler... En espagnol !

L'espagnol franchissait ma bouche sans même y penser. En direct, des phrases entières jaillissaient. Je m'entendais et me voyais échanger des paroles, je me redécouvrais avec presque une autre identité. Je devenais bavarde juste pour le plaisir de m'entendre chanter cette langue, rouler les « r », extérioriser les « *porque* », les « *vale* » comme on lance une balle. Mon timbre de voix était plus aigu, propice à l'enthousiasme.

La patronne en profita pour me questionner, comment je m'appelais, d'où je venais, ce que je faisais là, où étaient mes parents. Je répondais généreusement sans hésiter. Je retrouvais joyeusement la parole au travers d'une langue nouvelle.

Je me mis même à traduire les conversations, surfant entre le français et l'espagnol.

À la fermeture du bar, les Français me proposèrent de partir avec eux, sans réfléchir, je les ai suivis. Devant la porte, je surpris le regard du patron du bar, sans question, sans reproche, sans rien. Juste un regard soutenu.

Les Français m'ont emmené dans les bureaux d'une vieille usine désaffectée au bout de la ville, au bout de la plage, la plage délaissée, après celle nommée *La Laja*, celle qui reste toujours sale.

Seules les lueurs de la ville derrière nous éclairaient la bâtisse. À l'intérieur du bâtiment, les vestiges de bureaux servaient de logis. Il n'y avait plus de vitres aux fenêtres, il n'y avait plus de porte non plus, mais l'espace séparé par un couloir permettait aux Français d'être à l'abri pour dormir.

Le premier soir avait été très bizarre, je ne comprenais pas les tensions entre les trois hommes. C'est suite à un tirage au sort que je compris que j'avais été l'objet d'un jeu de hasard, Gilles m'avait « gagnée. »

Gilles, Bernard et Max étaient sur Gran Canaria depuis plus de 6 mois et ne trouvaient pas les moyens d'en repartir. Sur une île, il est judicieux de penser au billet de retour. Alors, ils « tapaient la manche » à longueur de journée.

Gilles était très chouette avec moi, tendre, c'est tout. On ne faisait pas l'amour, on dormait dans les bras l'un de l'autre. Les autres, je m'en méfiais. Bernard m'avait écrit un texte sur un papier que j'avais appris par cœur *« soy francesa sin dinero para comer, tiene un duro por favor ? »* Et je devais comme eux, tenter de ramener de l'argent. Je n'avais pas de projet encore, ni rester, ni partir, mais je faisais comme eux sans trop réfléchir.

Le premier jour, je ramenai 95 pesetas, une fortune : un *arroz a la cubana* coûtait 25 pesetas ! Ils voulaient faire caisse commune. Je compris, à leurs regards, que je pouvais peut être mieux me débrouiller toute seule, mais je devais garder un protecteur, Gilles était l'homme de la situation.

Alors, la journée, je faisais la manche. Souvent, j'allais dépenser mon argent au *Corte Ingles*, je m'achetais des gâteaux pour unique repas et je cachais de l'argent au fond de l'usine, sous une brique, la 13e en partant de la gauche après la porte d'entrée. Je retrouvais Gilles tous les soirs.

J'amassais de l'argent, j'en partageais une partie, on me laissait en paix.

Pedro

Un soir, au bord de la plage de Las Canteras, je pistais les touristes en promenade nocturne avec mon *« soy francesa sin dinero para comer… »* et je m'arrêtais pour regarder un sculpteur de sable.

Il faisait un corps de femme, et les promeneurs lui jetaient quelques pièces dans son chapeau en passant et en regardant l'œuvre se modeler devant eux. Parfois, le sculpteur s'éloignait vers la mer pour remplir ses deux seaux vides et revenait tel un Arlequin peinant dans le sable. Il mouillait son sable, le lissait et faisait apparaître les formes qu'il souhaitait.

Je le regardais se concentrer, il s'amusait, les pièces tombaient, les gens aimaient bien.

Je lui ai pris les deux seaux et je suis allée chercher de l'eau pendant qu'il s'appliquait à faire le téton de sa plantureuse femme de sable en rigolant avec deux Anglais.

Pedro, il s'appelait Pedro. À la fin de la soirée, seuls quelques amoureux passaient encore par-là…

Pedro pris le chapeau, compta les pièces et me donna la moitié.

À partir de ce moment-là, tous les soirs, Pedro partageait sa recette. J'allais lui chercher les seaux d'eau pour mouiller le sable, la mer était à 20 mètres. On gagnait 80 à 150 pesetas par soir. Puis, on a gagné plus, dès que je prenais le chapeau et que je le tendais aux passants : *« Para el artisto, por favor »* avec mon plus beau sourire.

Avec Pedro, on s'était associé pour les affaires et je continuais à dormir dans les bras de Gilles. Je lui ramenais une partie de l'argent que nous mettions de côté, il voulait partir de cette île.

Un soir, j'avais été malade et j'étais rentrée plus tôt dans l'usine désaffectée, je m'étais installée dans le sac de couchage. Je n'arrivais pas à dormir, c'était la première fois que je me retrouvais seule, la nuit, dans ce lieu. Un bref instant, je me suis demandée ce que je faisais là. J'aurais peut-être pu être ailleurs, mais j'étais là. Puis, ne trouvant toujours pas le sommeil, j'ai voulu aller compter l'argent caché dans la treizième brique après la porte d'entrée.

J'allumai une bougie et je découvris l'horreur autour de moi, ça grouillait de partout. Il y avait des centaines de cafards qui rampaient, ils tentaient de s'enfuir à la lueur de la bougie ! Ils étaient énormes ! Plus gros que mon pouce, cuivrés, terrifiants… Je me souviens d'être allée chercher des boîtes de conserves vides qui traînaient dans la grande cour de l'ancienne usine. Je tentais de les enfermer, je retournais les boîtes sur ces rampants. Tremblantes de dégoût, je me frottais le corps pour empêcher ces monstres de me parcourir.

Je n'en viendrais pas à bout, alors j'ai pris mes affaires et je suis partie vers la ville.

Je décidais de dormir à l'hôtel, je laissais Gilles, Max et Bernard avec leurs compagnons de misère. Il fallait juste que je gagne plus d'argent maintenant pour m'assurer une chambre digne de ce nom.

Le business avec Pedro marchait bien, mais pas suffisamment pour me loger et me nourrir. Il était également cracheur de feu un peu plus tard dans la soirée après avoir été sculpteur sur sable.

Je lui demandai de m'apprendre.

Et je me mis à cracher du feu.

Je mettais mon unique robe, que j'avais moi-même réalisée avec Sœur Élisabeth, la Directrice de l'école privée. Nous avions des cours de couture et je m'étais confectionné une robe noire que j'avais emportée au moment de partir avec Popof.

J'allais ainsi tous les soirs sur la place Santa Ana et je crachais la flamme dans la nuit…

Il y avait d'autres cracheurs de feu, nous nous arrangions pour ne pas être au même endroit, au même moment…

J'étais la star du *fuego*, une jeune fille en robe noire qui crache le feu, qui feint une danse avec quelques pas organisés, ce n'est pas commun.

Les gens s'arrêtaient pour regarder, j'avais mon public d'habitués aussi. Parfois, des amis de Pedro, des musiciens venaient m'accompagner. Je faisais rire Pedro, il disait que j'étais la princesse de feu.

Je gagnais à présent suffisamment d'argent pour payer ma chambre, me nourrir et mettre de l'argent de côté.

C'est à ce moment-là que j'entendis parler de Soria.

Datura

Soria était le paradis des routards.

Un petit village abandonné au centre de l'île, habité par des gens de passage

On me parla de l'Italien qui y faisait une plantation de cannabis pour partir au Brésil, de l'ingénieur français qui était venu y méditer, de l'Allemand qui y écrivait un livre, de l'ermite aussi. C'était le nouveau Katmandou.

Cela me semblait un endroit incontournable. J'avais quelques sous d'avance, je me lassais de cracher le feu et surtout de sentir cette odeur de pétrole, je méritais des vacances.

Je décidai de m'y rendre. Je sortis de la ville avec plaisir, tendis mon pouce.

Je n'attendis pas longtemps.

Un légionnaire me prit dans une grande voiture noire, il était chauffeur de je ne sais plus quel supérieur et le véhicule était ce qu'il y a de plus officiel. Il prit le risque de m'emmener le plus loin possible au cœur de la montagne, juste pour le plaisir de parler français. Il s'exprimait dans un français tout à fait correct : sa grand-mère était française et c'est elle qui lui racontait, lorsqu'il était enfant, toutes les histoires pour l'endormir, le Petit Chaperon Rouge, Cendrillon, Barbe Bleue, la Belle au Bois Dormant, Blanche-Neige, la Princesse au Petit Pois et même le Chat Botté.

La route pour aller à Soria était un chemin de terre, la poussière recouvrait la belle voiture noire, les virages devenaient de plus en plus difficiles, on ne pouvait presque plus croiser un autre véhicule et les nids de poules ralentissaient considérablement notre virée.

Le légionnaire m'emmena le plus loin que l'on puisse faire avec cette voiture officielle. Puis, il s'était arrêté : *« Tu iras plus vite à pied. »*

Il m'avait laissée là, me glissant dans la main un bout de papier où il avait griffonné l'adresse de sa grand-mère en France à Perpignan : *« Si tu la vois, tu l'embrasseras de ma part »* m'avait il dit.

Après quelques kilomètres de marche, je me retrouvai dans un petit hameau, trois maisons dont une épicerie, j'entrai. Un vieux Monsieur aux cheveux blancs était derrière un comptoir, debout et immobile, comme s'il m'attendait.

J'achetais des biscuits, du fromage et une tomate et je demandais au vieil épicier de m'indiquer la route pour Soria. Je me souviens de son sourire édenté et de son bras qui se levait lentement pour m'indiquer la direction. Il n'y avait qu'une route de toute façon, c'était tout droit, Soria était à une dizaine de kilomètres. Il fallait longer les gorges d'Arguineguin.

Il y avait bien un bus, mais il ne passait que le lendemain matin. Je le remerciais, j'étais fatiguée et poussiéreuse, je me suis assise sur les marches de l'épicerie pour me reposer un moment.

J'ai bien dû rester une bonne heure sur ces marches, j'avais mangé mes provisions et j'attendais la fraîcheur du soir pour reprendre ma route. Une femme corpulente, habillée tout en noir avec un chapeau de paille sur la tête, vint me chercher et me proposa de la suivre. J'ai compris plus tard que c'était la fille de l'épicier, Anna vivait dans une grotte avec ses trois enfants.

Elle me proposa une paillasse pour dormir en échange de quelques pesetas. Sa grotte était très organisée : un espace pour se nourrir, un espace pour dormir, un espace pour la toilette ; des planches verticales les unes à côté des autres plantées dans le sol séparaient les espaces. En guise de porte, des tissus étaient cloués sur des tiges de bambou des deux côtés de l'entrée.

Je m'allongeai rapidement, le voyage et la chaleur m'avaient épuisée. Je m'endormis avec cette image de ses trois enfants assis à côté de mon lit de fortune m'observant avec leurs petits yeux noirs.

Le lendemain matin, Anna me réveilla pour partir avec le plus âgé des enfants qui prenait le bus pour Soria. Alberto devait avoir quatorze ans, il avait un large sourire qui laissait voir ses grandes dents bien blanches. Il allait à l'école dans un village juste avant Soria. Pendant tout le trajet, il voulut soulever ma jupe et me toucher le corps. Je lui donnais des gifles, il riait et recommençait. En descendant, il tenta de me voler un baiser sur la bouche, devant ses copains qui l'attendaient sur la route. Je me souviens de ce regard de fierté qu'il emmenait avec lui ce matin-là sur les bancs de son école…

Le bus continuait de rouler lentement sur cette route sinueuse, nous étions encore une dizaine de personnes ballottées de droite et de gauche, je regardais le paysage magnifique, je commençais à m'impatienter quand le chauffeur s'arrêta sur la route déserte et cria : « *Francesa, Soria, abajo.* »

Je me retrouvai sur la route devant un petit chemin qui descendait à pic dans la vallée, je me retournai et le chauffeur me fit signe de descendre avec sa casquette : « *Si, si abajo !* » Je ne bougeai pas, puis il leva les yeux au ciel et démarra dans un nuage de poussière.

Chaleur, poussière et ce petit chemin improbable. Seule dans la montagne.

Je restais là immobile.

Puis, je vis apparaître une tête, puis un corps, quelqu'un montait de la vallée… « *Ola, ça va ?* » me demanda cet homme, cheveux longs, barbe longue et deux sacs au bout de ses deux longs bras. « *Ça va, vous êtes l'ingénieur français ?* »

Bernard, c'était son prénom, après m'avoir salué chaleureusement et souhaité la bienvenue, me raconta l'histoire de Soria. Auparavant, Soria se trouvait de ce côté, c'était un hameau habité puis il fut inondé par la montée des eaux. Il y avait une rivière au fond de la vallée, on avait alors vite construit un barrage. Les villageois étaient allés habiter sur l'autre versant beaucoup plus haut sur le flanc de la montagne. Puis, tout s'était asséché et il ne restait qu'un petit lac au fond de la vallée. L'ancien village de Soria abandonné, avait fait le bonheur de quelques rêveurs, routards, paumés et aventuriers de tout genre, tandis que le nouveau Soria s'était reconstruit, plus vaste, plus moderne.

Bernard m'avait emmené à l'épicerie du nouveau village pour que j'achète l'essentiel pour vivre à Soria, c'est-à-dire de la farine, des œufs, de l'huile, du lait, du fromage, des bougies. Puis, nous étions descendus dans la vallée.

Il m'avait présenté à l'ensemble des habitants du Soria-abandonné ; l'Italien Julio, l'Allemand Hans ; il y a avait aussi Chantal la Canadienne, Lisa et Peter les Hollandais.

Chacun occupait une maison qu'ils avaient aménagée et Bernard me montra celles qui étaient encore libres et habitables. Je choisis celle juste à côté de la source, en hauteur, l'entrée était en pierre, au fond c'était une grotte, le sol était en terre battue. Je m'y installai.

Je passai plus de deux mois dans ce village.

Deux mois pour construire un espace pour moi, à moi…

Je construisis un lit, une table, des chaises, à partir de tiges de bambou, des récipients en tressant des lianes.

L'Italien avait perdu toute sa récolte de cannabis la semaine dernière, les chèvres de passage avaient tout dévoré. Il restait là quand même. Ensemble, nous avons reconstruit un four et nous faisions régulièrement du pain pour tout le village « des étrangers », comme disaient les autochtones.

Nous sommes partis plusieurs fois ramasser des oranges dans la vallée et nous avons fait des marmelades que nous revendions aux villageois, qui eux-mêmes les revendaient sur les marchés environnants.

Nous avions également tenté la gelée de figues de barbarie sur l'insistance de Bernard, il avait une recette unique, disait-il. Le résultat était excellent, mais la préparation était trop longue et difficile, la cueillette et l'épluchage étaient laborieux.

Finalement nous vivions de peu de choses, Hans nous avait montré les racines comestibles et nous nous invitions les uns et les autres pour partager nos dernières trouvailles en matière de cuisine. Nous concourions, Chantal remportait très souvent le trophée des saveurs, une couronne de fleurs, moi je n'ai jamais obtenu un prix malgré mon application à concocter des plats colorés.

Je me souviens avoir été pleine d'un bonheur à cette période là, le bonheur de côtoyer l'autre. C'est avec Peter, le Hollandais, cheveux blonds et yeux bleus tout ronds, que je passais les moments les plus intenses ; nous échangions juste les mots suffisants et utiles, en anglais, nous nous retrouvions quand il allait chercher de l'eau à la source. Il avait l'habitude de m'appeler puis il s'asseyait sur une pierre plate face à la montagne, c'était son invitation. Je le rejoignais, je m'asseyais à côté de lui. Nous restions là, contemplatifs, sans rien dire.

Un soir, Julio nous invita à manger. Le repas avait été délicieux. Mais à la fin de la soirée, Chantal, Peter et moi-même avons eu des picotements aux yeux, puis des troubles de la vision jusqu'à avoir des hallucinations. Je sentais en moi qu'il se passait quelque chose de grave. J'avais l'impression de ne plus voir en relief, tout était plat, le mouvement de mon corps ne pouvait plus prendre de l'espace. Mes bras, mes jambes n'avaient plus de volume… Je me ressentais comme une feuille uniface, sans verso.

C'était une sensation d'horreur. L'incohérence m'envahissait. Il n'y avait plus aucune perspective. J'ai voulu me déplacer, rentrer chez moi, je ne voyais qu'un à-plat en guise de montagne, une toile étirée pour ciel, je devenais folle. J'apercevais de temps à autre les visages déformés de Peter et de Chantal, ils me parlaient mais je ne comprenais pas. Chaque mouvement éveillait en moi le doute des dimensions et il en manquait une. Devant mon désarroi, j'ai senti Julio qui me tenait fermement, il tentait de me calmer, de me maintenir immobile. J'étais dans un chaos incompréhensible.

Cette sensation persista jusqu'à l'aube, j'étais épuisée de cette recherche de cohérence, j'avais dû m'endormir car c'est la voix grave de Hans qui me réveilla.

J'ouvris les yeux. Je voyais trouble. Je reconnus la silhouette de Julio de dos, j'entendais Hans, sans le voir. Je n'osais pas bouger. Je me concentrais et me rassemblais. Je fixais une forme devant moi. La table, je reconnus la table, les objets se redessinaient, se précisaient. Le mobilier redevenait volumineux. Les éléments reprenaient une place. J'osais un mouvement de doigts, mon index bougea, je reprenais les commandes de mon corps. J'avais peur. Hans s'approcha de moi, mit sa main sur ma poitrine, j'inspirais fortement et éclatait en sanglots. Je revenais peu à peu dans le présent, je me blottis dans la chaleur du torse de Hans. Les têtes de Chantal, de Julio, et de Bernard arrivèrent dans mon champ de vision.

C'est Bernard qui m'expliqua que le repas de Julio avait eu des effets sur mon organisme. Peter et Chantal avaient eu des troubles qui s'étaient très vite estompés. En revanche, j'avais été beaucoup plus sensible à La Datura.

– La Datura ?

Je venais de parler, tout se remettait dans l'ordre, mes fonctions revenaient. C'est Hans qui me montra la plante que Julio avait mise dans le repas,

– C'est une plante puissante et dangereuse, elle peut guérir ou empoisonner.

À partir de ce jour là, Soria avait changé à mes yeux…

La peur s'était faufilée dans les interstices du vieux village de Soria.

Je n'avais plus la même confiance en ces chemins, en ces reliefs et aussi en ces gens.

Julio avait été sincèrement désolé, Hans était venu souvent me voir pour s'assurer que tout allait bien dans les jours qui ont suivi.

Il n'y avait plus d'effet, j'avais retrouvé toute ma conscience, mais la pensée grandissante de ne plus rien avoir à faire ici était en train de prendre forme.

Un matin, je rangeai mes affaires dans mon sac à dos, j'étais décidée, je partais.

Je franchis le pas de la porte et je pris le chemin qui remontait vers la route.

Je ne me suis pas retournée, je me sentais m'éloigner et quitter Soria, j'avançais.

Le scorbut

C'est un camion jaune et crasseux qui s'arrêta. Il allait à Tufia. Le chauffeur ressemblait à son camion, jaune et crasseux. Nous n'avons pas eu d'échange pendant le voyage. Une fois arrivés au village de Tuffia, le chauffeur m'indiqua la plage, il y avait croisé des Français, dernièrement.

Je me dirigeais donc vers la mer.

Sur la plage de Tufia, les gens vivaient dans des baraques de bric et de broc, c'était le bidonville de Gran Canaria. Entassés les uns sur les autres, là une tente, là un carton, là une tôle ondulée, là une planche qui voulait peut être marquer un territoire. Tout le monde parlait espagnol, fort, très fort ; de temps en temps une intonation française ou anglaise surgissait au loin comme une pointe musicale dans ce brouhaha chantant.

Je marchais entre les campements, j'enjambais des ordures, des tas, des gens. Je me retrouvais face à la mer, je m'assis. Un jeune homme blond au torse nu, était en train de remplir une casserole d'eau de mer. Il me regarda,

-   « *English ?*»
-   « *No French.* »
-   « Tu veux manger des pâtes avec nous ? »

Je ne savais pas. Je relevai d'un coup ma tête, il était là devant moi, penché en avant, son visage hâlé, ses lèvres brûlées par le soleil, souriant.

-   « Oui je veux bien »

Je le suivis.

Jean-Michel, c'est le prénom du visage hâlé, me présenta à l'assemblée, quatre personnes, trois hommes et une femme aux regards troubles, le visage marqué, il m'était difficile de dire s'ils étaient jeunes ou âgés, Jean-Michel m'invita à m'asseoir à côté de lui. Tout en me parlant, il avait allumé un feu, y avait mis la casserole pleine d'eau, calée par des pierres. Il était là depuis cinq jours, il attendait son amie qui devait le rejoindre.

Je partageai le repas avec eux, c'était infect, des pâtes cuites dans de l'eau de mer dans lesquelles Jean-Michel avait coupé des tomates et rajouté une boîte de thon. Le goût du sel prédominait tellement que ma bouche était en feu. Je n'ai pas terminé mon assiette. La femme me la prit et la termina.

J'étais fatiguée. Je demandai à Jean-Michel s'il savait où je pouvais dormir, il proposa une tente non loin de là. Elle était vide aujourd'hui. Il y avait un couple qui venait parfois y dormir mais depuis trois jours personne n'était venu. Dans la tente, il y avait un matelas en mousse et une couverture. Je secouai le matelas, la couverture, rangeai les quelques objets puis, je m'installai pour dormir.

Je croyais rêver quand je me suis réveillée. J'entendais comme une pluie sur la toile. Je connaissais et j'aimais entendre résonner la pluie sous une tente, l'eau martelait la toile par petites percussions. Or, là, quelque chose ne collait pas, l'air était sec et chaud et il y avait du vent. En sortant ma tête hors de la tente, je ressentis un vif picotement sur le visage, il pleuvait… du sable ! J'appelai Jean-Michel. Je l'appelai plusieurs fois, c'était le seul prénom que je connaissais sur cette plage. Il arriva et me tendit une bouteille d'eau.

– « Tiens, reste sous la tente, c'est une tempête de sable »
– « Une tempête de sable ? »
– « Oui, une tempête du sable du Sahara qui est juste à côté de cette île, ma belle, je te conseille de rester tranquille jusqu'à ce que tout se calme »

Je dus m'endormir.

Je ne me souviens pas combien de temps je suis restée sous cette tente.

J'ai des images qui défilent, je vois encore le visage de Jean-Michel passer devant mes yeux, je me vois transportée, on m'enlève le matelas, on me déshabille, je suis trempée.

J'ai tout le temps soif et je ne peux rien avaler. Je me réveille gémissante, je rêve de chevaux qui me piétinent. On me met la mâchoire dans un étau et on le serre. Je ne crie pas. Je ne peux pas crier.

Des yeux noirs me fixent, la bouche me parle mais je n'entends pas, ce visage est trop près. Je veux le repousser mais je n'ai plus de bras ou alors on a dû me les fixer au sol.

Je ne comprends plus le temps qui passe. J'ai la bouche en feu. Jean-Michel et l'autre visage aux yeux noirs me transportent et me déposent dans la mer, les vagues me recouvrent, j'ai froid. Je me débats. Ils me déshabillent encore une autre fois. Ils m'habillent. Et

24

puis, tout se calme, mon corps sursaute encore par à coups. Je reviens dans le présent. Jean-Michel est là, à côté de moi, une main sur mon front.

La fièvre est enfin tombée. Je suis usée, je suis juste exténuée. Je suis tombée malade. Dix jours de combat, puis le calme après la bataille, plus de haine, plus de force, un silence.

Le scorbut. J'avais attrapé le scorbut, m'expliqua Jean-Michel quand, enfin, je retrouvai mes esprits.

Jean-Michel m'apporta des citrons et des oranges, il me les épluchait, je devais en manger toute la journée, il me tendait quartier par quartier. Il me passait de l'oignon cru sur les gencives, ça brûlait. Je le laissais faire. J'avais beaucoup maigri. En huit jours, je repris des forces, je « redevins » en vie, enfin, le mouvement reprenait. Lorsque je me sentis plus vigoureuse, j'attrapai mon sac et, d'un bond, je quittai la plage de Tufia, sans un sou ; j'avais payé Jean-Michel pour ses achats.

Jean-Michel n'attendait plus son amie, elle ne viendrait plus, avait-il dit, mais il restait là tout de même, il avait trouvé un travail, il allait assister un vétérinaire, ce visage aux yeux noirs que j'avais aperçu dans mes délires, lui, qui m'avait soigné.

Je me dirigeais vers Las Palmas. J'avançais.

À Las Palmas, je ne veux revoir personne, ni Juan, ni Pedro, ni Gilles, personne. Je veux m'en aller c'est tout. Loin de tout, d'ici ou d'ailleurs, partir. Avancer.

Mon corps demandait du répit, de la tranquillité, du douillet.

Sans un sou, je me dirige alors vers les quartiers chics de Las Palmas. Chaque fois que je croise quelqu'un, je l'aborde, j'essaie de sourire, je n'en ai pas envie, je récite la phrase de la honte

– *« Soy francesa sin dinero para comer, no tiene un duro por favor? »*

Je ne dois pas être très convaincante : après une matinée, je dois avoir 20 pesetas, on ne me donne que de petites pièces, je vois les gens au loin changer de trottoir, on m'évite. J'arrive dans un petit square, je m'assois sur un banc et là, j'essaie de m'oublier.

Je retrouve ce sentiment que j'ai éprouvé avant la rencontre avec Juan le pêcheur, cette sensation de n'être ni dans « après » ni dans « avant », mais juste là, dans la seconde qui passe sans construction d'une quelconque pensée future.

Je ne parviens pas à m'oublier mais j'oublie tout le reste, je suis dans cette sensation du rien ; un corps qui pèse, qui voit, qui sent, qui entend mais qui ne sait en faire aucun usage pour appréhender la seconde d'après.

Je laisse faire ce qui pourrait se faire.

Mais au fond de moi, je ressens une force qui m'aide à me tenir droite sur ce banc, je regarde loin ou près, je ne sais pas, les sons me pénètrent par tous les pores, il fait bon à l'ombre, je n'ai plus d'enveloppe, plus de limite. Un plein néant.

Nina et Francesca

– « *Quieres algo ?* »
– « *Do you want anything ?* »
– « Vous avez besoin de quelque chose ? »

Cette douce voix masculine en espagnol, en anglais et en français me traverse soudainement et délicatement. Je lève les yeux vers ce visage penché au-dessus de moi et je vois un large sourire moustachu, deux joues bien rouges, dans un encadré roux.
Je lui ai répondu, « Non, merci » en français, alors il a ri, s'est assis à côté de moi sur le banc.

– « Arrhh, ça fait longtemps que je n'ai pas parlé français ! »
Il avait un accent canadien, et une bouille fort sympathique
– « Patrick, je m'appelle Patrick, et vous ? »
– « Vous êtes en vacances ? »
– « Vous logez par ici ? »

Mes réponses ne semblaient pas l'intéresser, il enchaînait les questions sans me laisser d'espace pour y répondre, il avait un vrai besoin de parler.

Je le laissais aligner les mots, je l'écoutais, il me racontait qu'il faisait des spectacles dans des cabarets gays, qu'il venait de finir une saison à Las Palmas, qu'il était las d'être ici…

À ce moment-là, je glissai un « moi aussi » que je croyais d'abord avoir pensé, mais le son était sorti de ma bouche car je l'entendis dire « Ah bon ? »

Un silence survint et prit son espace.
Ce fut un long silence, comme celui de l'attente.
Je voyais le visage de Patrick, tout à l'heure respirant la bonhomie, devenir grave. Il prenait ce temps consacré à l'écoute, il était attentif, immobile.

Calmement, je plantai mes yeux dans les siens, je lui racontai le parcours qui m'avait amené sur ce banc, sans détour et d'une traite. Quand j'eus fini, il se leva et m'invita à manger.

Nous étions assis à la terrasse d'un restaurant devant un plateau de coquillages, Patrick avait retrouvé ses couleurs, il était joyeux, la fraîcheur des crustacés me raviva. Patrick me raconta qu'il avait un contrat dans une boîte de nuit à Lloret del Mar sur la Costa Brava en Espagne, il devait y être dans deux jours. Il prenait l'avion pour s'y rendre.. Or, il avait une voiture et un chien, un pékinois, qu'il mettait sur le prochain bateau en direction de la Péninsule et que pour cela, il devait payer une place de passager et, cette place, il était ravi de me la donner si je l'acceptais.

Je voulais en finir avec les îles Canaries, fuir rapidement. La violence des départs stimulait ma curieuse effervescence intérieure.

Trois jours plus tard, je me retrouvais dans une cabine en 1ère classe en compagnie d'une jeune femme espagnole, Alicia, à bord d'un immense et luxueux bateau avec discothèque, piscine, restaurants et plusieurs bars et salons.

La traversée fut agréable, ma voisine de cabine était charmante ; le chien, que j'allais voir deux fois par jour dans la voiture en cale pour le nourrir, très docile.

Pour me nourrir moi-même, j'avais habilement convaincu les serveurs de subtiliser quelques plats gastronomiques non consommés, qui étaient logiquement destinés à être jetés par-dessus bord, après le service…

Je me souviens encore de la saveur du gratin dauphinois et du Tiramisu…

À l'arrivée à Barcelone, Patrick était venu me chercher avec son compagnon. Sur le quai, je les voyais tous les deux. L'un tout rond, tout rose, sa moustache et ses cheveux roux, l'imposant Patrick, et l'autre tout petit, tout frêle, cheveux noirs, teint mat et grosse moustache noire.

Pendant que Patrick récupérait sa voiture et son chien, j'échangeais quelques mots avec son compagnon, un joyeux, comme Patrick ; il s'appelait Sergio.

Ils m'emmenèrent à Lloret del Mar, où ils louaient un vaste appartement et me proposèrent de m'installer sur le canapé dans le salon, le temps que je trouve un lieu, que je « me retourne » avait précisé Patrick.

Il me fallait trouver de l'argent, je commençai le jour même à chercher un travail.

Je trouvai rapidement un job chez un Marocain : je cousais des sacs avec des lacets de cuir, à la main. Les premiers jours, j'avais eu les doigts endoloris et en sang, puis de la corne s'était formée. Je pouvais coudre jusqu'à 12 sacs par jour. Au début, je gagnais 5 pesetas par sac cousu, puis j'avais vu les prix des sacs terminés et j'avais négocié 100 pesetas les 10 sacs si je les faisais dans la journée.

Les Marocains étaient gentils : ils ne me posaient aucune question, ils me servaient le thé, ils me donnaient une corne de gazelle dans l'après-midi et ils me payaient en liquide chaque soir, tout cela sans un regard. Jamais ils ne me regardaient dans les yeux, j'avais appris à en faire autant, je respectais leur approche, je me couvrais les épaules, je mettais une jupe longue et ainsi nous arrivions à cohabiter toute une journée sans parler, juste *« para el trabajo. »* Ils m'avaient mise dans un petit réduit, cachée du public, dans l'arrière boutique. Ça m'allait bien. Je ne gagnais toutefois pas assez d'argent pour louer une chambre.

Un soir où je rentrais à l'appartement de Patrick et Sergio, il y avait une fête, la musique était forte, des rires et des voix ponctuaient l'ambiance. Tous deux m'accueillirent avec beaucoup de réserve, ils s'approchèrent. Patrick me prit par le bras et m'emmena dans la salle de bains. Il m'expliqua que ses amis allaient faire beaucoup de bruit, qu'ils allaient certainement rester tard, qu'ils allaient boire ou prendre des substances, faire l'amour et d'autres trucs, bref que je ferais mieux d'aller dormir ailleurs, juste pour cette nuit. Ils semblaient tous deux très gênés.

– « Pas de souci, je prends juste quelques affaires dans mon sac au salon et je vous laisse entre vous. »

Je pensais prendre mon sac de couchage et aller dormir sur la plage. Mais à peine entrée dans la pièce, je vis des couleurs et des strass, les invités étaient majoritairement des travestis, transsexuels dans des tenues excentriques, colorées, des faux cils, du rouge à lèvres vraiment rouge. Je m'arrêtai devant une personne, elle portait ma robe noire...

Je m'écriai « Mais c'est ma robe !! » et j'entendis « Et ça, ce doit être ton soutien gorge ! » « Et ça tes bottes ! », et tout le monde avait ri ; ils avaient fouillé dans mes affaires et mis mes vêtements.

J'avais failli me mettre en colère, mais la situation était tellement pétillante de vie, que je n'ai rien dit. J'ai pris mon sac de couchage et j'ai voulu partir... Mais une main me retint et l'on me tendit un verre de champagne.

Je cherchais le regard de Patrick ou de Sergio. Patrick avait vu la situation, il me sourit, haussa les épaules, inclina sa tête, fit un geste de la main qui semblait dire « Tu peux rester si tu veux, mais tu es prévenue. »

Je suis restée. J'ai bu du champagne, beaucoup de champagne ; j'ai dansé et j'ai beaucoup ri.

Le matin, je me suis réveillée sur le canapé entre Nina et Francesca, deux magnifiques travestis ; il y avait aussi 2 personnes qui dormaient sur le balcon, trois autres sur le sol.

C'était irréel pour moi, ces jambes et ces bras répandus et ces muscles saillants déposés sur le canapé, ces rimmels qui dégoulinaient sur des joues abandonnées grises d'une barbe d'un jour, cette perruque blonde au sol à côté de cette coupe de champagne encore à moitié pleine, et je reconnus un pan de ma robe, relevée sur une fesse tonique.

Les premiers mots échangés sortirent de la bouche de Nina :
– « Ma chérie, tu as du démaquillant ? »
C'est à moi, qu'il, ou plutôt qu'elle, posait la question.
– « Oui, il y en a dans la salle de bain. »
– « Va donc le chercher, tu vois bien nos têtes ! Il faut nous faire le ménage ! »

J'allais chercher le flacon de démaquillant et le coton dans la salle de bain, à mon retour, Nina et Francesca étaient assises sur le canapé, yeux fermés, visages offerts et tendus :
– Vas-y, ma chérie, fais attention à ne pas nous en mettre dans les yeux. »

C'était Francesca qui me parlait. Je me suis donc prise au jeu, je me suis occupée de ces visages, de ces traces noires, bleues, rouges… Le coton s'accrochait dans la barbe naissante.

Et voilà, c'est ainsi que je suis devenue leur maquilleuse, démaquilleuse, costumière, femme à tout faire dans la boîte de nuit où travaillait tout ce petit monde, *« les collègues de bureau de Patrick »* comme disait Sergio.

Au début, j'avais gardé mon travail chez les Marocains : ça me calmait de coudre les sacs, je ne pensais pas, j'avais comme l'impression de méditer, mais comme mon nouveau job était la nuit, je terminais souvent au petit matin. Un jour, je m'étais endormie dans l'arrière boutique des Marocains. Alors, j'avais quitté mon arrière boutique, les sacs, les Marocains.

Ils avaient tenté de me garder, ils voulaient doubler mon salaire, mais je ne pouvais pas faire les deux activités et j'avais envie de découvrir d'autres horizons. Ma nouvelle occupation me faisait entrevoir tout un autre monde inconnu, celui de la nuit, des paillettes, du sexe.

Je ne voyais pas tout dans cette boîte de nuit, la phrase, *« Attends, y'a la petite »* m'a protégée longtemps. On m'épargnait certaines scènes, la dope, la baise, les proxénètes et d'autres choses dont j'ignorais jusqu'à l'existence. Il y avait par exemple le tiroir fermé à clef de la table de la loge, il devait renfermer des secrets.

Je ne voulais pas en savoir plus, j'étais comblée, nous parlions français, espagnol, anglais parfois les trois langues à la fois. Nous riions à gorge déployée, j'apprenais à être une femme avec ces personnages. Ils prenaient tellement soin de leurs corps, de leurs apparences. Il y avait trois espace-temps importants avec ces travestis : les coulisses, le spectacle et la scène de la vie. J'appréciais particulièrement le retour de scène, les spectacles n'étaient pas très bons, des play back ou des sketches repris mal joués, je ne savais si c'était de la caricature ou si Nina, Francesca, Patrick et les autres y croyaient vraiment. En tout cas, quand les personnages revenaient en loges après leurs prestations, il y avait comme une intimité qui se déposait dans l'espace, l'intérieur des cœurs, un instant de pudeur qui ne durait pas très longtemps d'ailleurs, mais je recevais ce climat confidentiel comme un cadeau. Chacun semblait revenir de loin et l'œil exprimait comme un mystère, une nostalgie. Ils ou elles s'asseyaient devant le miroir et je les ressentais fragiles et fortes, généreuses et réservées, disponibles et absentes, douces et puissantes. J'aimais beaucoup ces instants.

Puis, il y avait la préparation à la scène de la vie, c'était pareil mais sans les paillettes, il fallait être impeccable pour plaire, pour séduire, comme les mannequins des magazines féminins. Plutôt bon chic, bon genre.

Je leur avais trouvé des maquillages dans les gris et marrons, des rouges à lèvres rose et beige. J'avais même proposé à Nina d'adopter plutôt un style sportif, décontracté, avec des tissus souples. Elle ne savait pas marcher avec des talons et elle avait de tels mollets que le talon plat au moins ne les durcissait pas et n'accentuait pas leur forme anguleuse.

C'était aussi l'espace de leurs histoires de cœur, là où l'amour prenait toutes les formes, là où les fantasmes s'exprimaient, là où les envolées, les chagrins, les trahisons, les rêveries se laissaient aller au creux de l'oreille ou dans un cri.

J'étais la spectatrice de cette mise en scène de la vie, de ce quotidien qu'on coloriait. Personne n'était dupe. Nous jouions tous. C'était pathétique.

L'espace coulisse, c'était avant et après, au petit matin, après une fête.

C'était quand on disait : « *Attends, y'a la petite.* »

C'était derrière le décor, les dessous, leurs secrets, leurs histoires, leurs poids.

Je faisais semblant de ne pas être dans cet espace. Je le regardais de loin.

Le patron de la boîte de nuit passait souvent dans les loges, il ne disait rien, il sortait les billets de sa poche, les comptait et me les tendait en éventail devant les yeux. Il me disait juste : « *S'il y a un problème, tu sors vite par la cour, je ne te connais pas, je ne sais rien de toi.* » C'était vrai de toute façon, il ne savait rien de moi. Il me tolérait dans ce paysage.

Je m'étais fait un ami : le barman, un homme, ni travesti ni homo. Il ne parlait pas français, mais quand j'arrivais vers 18 heures, nous buvions un café et nous mangions un donuts ensemble. Ce rituel nous rapprochait.

Un jour, son donuts à la main, il m'a demandé de lui donner des cours de français. C'est vrai, la France n'était pas loin et la clientèle des week-ends était souvent française. J'ai commencé à lui donner les bases de la conversation banale d'un échange possible avec un client, qui était utile derrière un bar. Puis, j'avais mis au point une méthode rigolote faite de simulations, de jeux de rôles, de personnages improbables mais qui visitaient une grande partie du vocabulaire des relations barman client. C'est dans *Paris Match* que je trouvais mes ressources pour alimenter les conversations de bar. Le barman en parla à d'autres serveurs de Lloret del Mar. Rapidement, j'ai eu une quinzaine d'élèves. Les cours se passaient dans la boîte de nuit où je travaillais, dans l'après midi, il n'y avait personne de 15 heures à 18 heures, le patron avait été d'accord, il m'avait juste répété sa fameuse phrase :

– « Je ne te connais pas, je ne sais rien de toi et s'il y a un problème, tu sors par la cour de derrière »

Donc, je gagnais ma vie, j'avais une chambre qui donnait sur la mer, je travaillais comme maquilleuse costumière dans une boîte de nuit, je donnais des cours de français à des barmans espagnols. J'avais des amis. *« Buena onda »* comme disait souvent Patrick.

Et pourtant, je me suis réveillée un matin, j'ai repris mon sac à dos et je me suis dirigée vers la route de la France. Je voulais avancer ou encore une fois, fuir…

Je venais de fêter mes 16 ans et la majorité n'était qu'à 18 ans. Je voulais me faire émanciper, repartir sans être une hors la loi.

Je voulais rentrer chez moi, même si « chez moi » n'avait pas trop de sens. Je voulais être totalement libre et responsable.

La lettre

Rentrer chez soi, je ne savais plus ce que cela signifiait. Il me fallait m'en souvenir.

Nous habitions dans un bloc de béton en pleine nature au 9e étage de cet immense parallélépipède gris et bleu... Certainement les premières zones à risques sociaux construites dans les années 60. Je devais avoir quatre ans, peut être cinq.

J'ai le souvenir de l'impatience avec laquelle j'attendais mon père qui ne rentrait à la maison que le week-end. Je me souviens aussi de ces vagabondages dans les champs de blé et de coquelicots avec ma mère; c'est de là que me vient le plaisir de voir apparaître chaque année les coquelicots au printemps. Je me souviens aussi des fêtes de Noël dans cet appartement, toute la famille venait s'installer chez nous... Il y avait des matelas par terre, les cousins et les cousines, les oncles et les tantes, les grands-parents. Mon père adorait décorer tout l'intérieur avec du papier rocher, la crèche, le sapin. Les adultes passaient leur temps à jouer aux cartes, nuit et jour. Moi, chaque année à Noël, je tombais malade, une fièvre me terrassait. Alors, je venais sur les genoux de ma mère, parfois sur les genoux de mon père et pour me protéger de la fumée de sa cigarette, je me lovais sous son pull.

Ces souvenirs sont certainement les plus chauds que j'ai de mon enfance et ce goût de fièvre dans la bouche me revient souvent à l'approche des fêtes de Noël.

Puis, par la suite, rien n'a plus été stable, nous déménagions sans cesse ; une quinzaine de fois peut-être en dix ans, ça devenait un rituel. On entrait dans un nouveau logement, on le refaisait, la peinture, les tapisseries, puis on s'en allait et on recommençait. Nous habitions parfois dans des endroits minuscules, d'autres fois nous avions des grandes maisons avec trois étages.

Mes parents tenaient divers commerces, mes frères et moi étions de corvée tous les soirs : il fallait réapprovisionner les rayons. Puis, plus tard, je participais à toutes les tâches, je servais les clients, je les encaissais, je lavais le sol. Mes parents travaillaient, travaillaient, travaillaient...

Nous habitions souvent au-dessus des magasins, alors cela permettait de nous voir, de nous croiser, mais personne ne semblait véritablement présent dans cette famille.

Je garde cette image de ma mère assise sur une chaise, accoudée sur le poêle à mazout, endormie ou debout derrière sa caisse au magasin ou à la laverie à plier le linge sur une grande table. Nous n'avions pas de machine à laver et tous les dimanches, nous étions dans cette odeur de linge, de lessive, de chaleur humide… parfois exceptionnellement le dimanche matin, nous allions aussi à la piscine, elle aimait bien nager. Mon père lui, travaillait aussi intensément, on se côtoyait peu, je garde le souvenir de son corps assoupi sur un transat dans le salon entre midi et deux heures. Parfois, il arrivait au petit matin, il avait été avec ses copains toute la nuit, faire une fête ou jouer aux cartes. Il était rarement de bonne humeur, sûrement la fatigue de ses virées mais il était toujours là au moment d'ouvrir le commerce.

Ça n'allait pas fort entre mes parents.

Nous étions tous les cinq, ma mère, mon père, mes deux frères et moi, livrés à nous-mêmes dans un bain d'émotions au quotidien, nous savions crier, pleurer, rire ; nous étions tristes, un peu, beaucoup, passionnément ; nous étions tous à fleur de peau, écorchés… Rien ne semblait pouvoir se poser tranquillement, simplement. Nous nous croisions sans commentaire ou dans les cris.

Nous vivions au jour le jour, mes parents travaillaient dur, changeaient de commerces souvent, ils étaient toujours endettés et absents d'eux-mêmes.

Vers l'âge de dix ans, je me souviens avoir testé leur présence-absence avec mon bulletin de notes. J'étais une bonne élève, lorsque je donnais mes relevés de notes à faire signer, ma mère et mon père signaient machinalement, sans aucune remarque. Puis, j'ai cessé de travailler à l'école, mes notes étaient catastrophiques, je cumulais les zéros et eux, ils signaient toujours aussi machinalement sans aucune remarque. Absents d'eux-mêmes. Mais mes appuis se sont forgés à ce moment-là, j'ai repris le travail parce qu'apprendre devenait une activité « rien que pour moi. »

Un jour quand même, l'histoire de ma mère et de mon père nous a un peu énervés, mes frères et à moi. Nous avions dit à notre mère que ce serait peut-être mieux s'ils arrêtaient tous les deux, qu'il serait mieux séparés. Divorcer n'était pas encore entré dans les mœurs de cette époque, mais nous, nous pensions que ce serait mieux pour tout le monde. Ça a pris du temps, beaucoup de temps, beaucoup trop. Ma mère était de cette génération de femmes soumises, on reste là, où peut-on aller seule ? Et mon père, pensait que de toute façon, ma mère n'était rien sans lui.

Mais un jour, cela s'est produit, ils se sont séparés.

Nous sommes allés vivre avec ma mère, dans un appartement sans salle de bain, avec les toilettes sur le palier ; les murs suintaient, les tapisseries étaient déchirées. Mes frères avaient une chambre et ma mère et moi en avions une autre. Elle avait trouvé un travail de vendeuse dans un magasin d'accessoires de cuir, des sacs et des valises. Elle travaillait tard et je me souviens que nous allions la chercher à l'arrêt du bus vers 22 heures, et nous lui préparions un plat de riz à la sauce béchamel.

C'était une belle période pour moi, à ma pré-adolescence.

J'ai saisi pendant ces quelques mois, toute l'importance de la solidarité familiale, nous n'avions vraiment pas d'argent, je récupérais les pantalons de mes frères pour les ajuster à ma taille... Nous mangions toujours du riz à la sauce béchamel. Les copains partageaient notre table, la clef restait sur la porte, la maison était ouverte.

On voyait mon père une fois tous les quinze jours.

On était bien avec ma mère, mes frères et moi... On réinventait notre vie, on parvenait même à se parler.

Et puis, la lettre est arrivée.

Je crois que c'est mon grand frère qui l'a reçue. Nous l'avons lue. Nous nous sommes tus. Nous nous sommes regardés longuement. Avons pesé notre silence. Je ressentais cette fraternité qui nous animait. Nous étions concernés tous les trois par le même événement.

Oui, il fallait faire quelque chose. Nous ne pouvions rester sans agir.

C'était trop lourd, un sentiment de compassion nous habitait tous les trois.

Papa voulait se suicider, il nous disait au revoir.

Nous avons alors lu la lettre à ma mère, nous nous sentions tous très forts et très unis. Mon père était malheureux et nous pouvions faire quelque chose pour lui. Il nous semblait que nous le lui devions.

Alors, nous l'avons invité à dîner, un soir. La soirée était tendue, nous ne savions que dire. Et lui sans rien dire, il n'est jamais reparti. Il est revenu s'installer à la maison. Il reprit sa place et les rênes de la maisonnée, maladroitement, la chaleur que nous avions créée avec ma mère se dissipait jour après jour. Nous redevenions tous muets.

Alors, c'est là que je suis partie en internat, chez les sœurs.

C'est là aussi que le « un chez soi » est devenu flou dans mon esprit.

À l'internat, j'avais trouvé un cadre, pas un « chez soi. »

L'été qui suivait ma brillante dernière année chez les sœurs, libérée du carcan de l'école, fut assez mouvementé ; premiers flirts, premières virées la nuit en cachette.

L'un de mes frères était parti animer une colonie de vacances en Suisse. Je lui écrivais des lettres.

Je lui racontais tout ce que je faisais, les copains, les premiers joints, les fugues nocturnes. J'avais le sentiment de m'épanouir et de vivre pleinement.

Puis, vers la fin de l'été, il est rentré. Lui aussi avait vécu des instants de liberté, il avait laissé pousser ses cheveux, les avait teints au henné orange et avait un anneau à l'oreille. Je me souviens très bien de son retour, il était dans l'encadrement de la porte, mes parents étaient restés immobiles à le regarder, l'air était devenu plus lourd. Ma mère lui avait demandé de laisser ses affaires dans la cave, elle s'occuperait de son linge plus tard.

Mes parents venaient d'avoir un choc, nous avions l'habitude des silences signifiants… L'allure de mon frère ne correspondait pas à l'image qu'ils se faisaient de leur fils. Quelques jours plus tard, un dimanche, je me souviens être rentrée plus tôt que d'habitude, il y avait une partie de la famille qui était autour de la table, ils buvaient le café, et mon père me tendit une lettre.

Je dus certainement rougir, c'était une des lettres que j'avais envoyées à mon frère lors de son séjour en Suisse. Ma mère avait dû la trouver en rangeant le sac déposé à la cave. Mon père me dit : *« Lis cette lettre. »*

Je le regardai. J'avais bien compris, je devais lire la lettre devant ma grand-mère, mon grand-père, mon oncle et ma tante.

Je refusai, une gifle claqua sur ma joue.

Je ressentais un malaise profond. À cet instant, je n'avais pas un seul regard sympathique autour de moi, je devais leur renvoyer une telle image d'échec, de honte, de je ne sais quel sentiment. Alors, arrogante, je leur ai lu la lettre, sans sourciller, sans hésiter. Ils voulaient que je la lise, alors je lisais, je levais parfois les yeux vers ces personnes que je croyais connaître, desquelles je croyais être aimée. Dans ces lettres, j'évoquais ma vie d'adolescente paumée, les joints, mes premiers baisers. Je crois que c'est l'histoire du cannabis qui n'est pas passé dans l'esprit de ma famille. Ils écoutaient, ils attendaient mes paroles et leurs regards étaient très durs. Mon père en avait fait les otages de ce discours confidentiel. À la fin de ma lecture, ma mère m'emmena dans la chambre, elle avait pris la laisse du chien. Une fois toutes les deux dans la pièce, elle leva le bras, les coups tombaient, la laisse était faite de cuir et de chaîne en métal. J'avais mal. Je tentais d'esquiver, mais je ne parvenais pas à empêcher ma mère de me frapper ainsi, elle déployait une telle force, elle était hors d'elle-même. La porte s'est enfin ouverte, mon oncle est apparu dans l'angle de la porte ; je me souviendrai toujours de son regard, il avait d'ailleurs immobilisé ma mère, elle avait repris ses esprits à ce moment-là. Elle était sortie de la chambre. Je restais seule, ne sachant pas quoi faire, m'échapper ? Hurler ? Pleurer ? J'avais mal au dos et au bras gauche, je saignais dans le cou.

De l'autre côté de la porte, il y avait toujours ma famille, le climat était lourd, mon oncle toussotait, ma mère pleurait.

Puis, la chambre redevint calme. À peine avais-je eu le temps de goûter ce silence apaisant que la porte s'ouvrit à nouveau et que deux gendarmes entrèrent et se précipitèrent vers moi. De vrais cow-boys !

Je reçus un autre coup, au moral cette fois ci : mes parents avaient appelé les gendarmes ! La question qui me fut posée était simple : qui m'avait vendu du cannabis ? Je ne répondis pas, je ne m'en souvenais même plus, peut être me l'avait-on donné.

Les gendarmes m'emmenèrent. La femme du gros gendarme, qui devait être le chef, me fouilla, me dénuda physiquement et moralement.

Puis, je fus interrogée comme dans les mauvais films. Les scènes se succédaient par flashes. Puis, j'aperçus mon père avec un cahier bleu à la main.

Oh non, non !

Mon père devint mon vrai ennemi à ce moment-là. Il venait de me trahir. Il tenait dans ses mains mon journal intime.

Ils continuèrent le scénario du mauvais film en m'attachant au radiateur avec des menottes et parcoururent les pages de mon intimité. Je me sentais mal, très mal. Je me sentais dépossédée de tout mon être. On m'épluchait. Je ne m'appartenais plus. Ma haine implosait.

Ils n'apprirent pas grand-chose de mes écrits d'adolescente, mes poèmes leur semblaient incompréhensibles et surtout aucune information sur un quelconque revendeur de cannabis n'apparaissait.

Mon père garda ce sentiment de « faire juste. » Même devant le juge pour enfant, il maintint son cap, crut en son honnêteté, au nom de la justice.

C'est là que le soupçon qui restait d'un « chez moi », ce sentiment d'un espace de réconfort ancestral, héréditaire, familial, venait de se dissoudre définitivement.

Et encore aujourd'hui, lorsque je reçois une lettre, un étrange sentiment m'envahit immédiatement. Elle peut contenir des mots qui peuvent bouleverser le cours d'une vie. Alors, après mon séjour en Espagne et après avoir fêté mes 16 ans, Je voulais rentrer là où mes parents habitaient, non pour les retrouver mais pour anticiper mon émancipation et peut-être créer ailleurs un vrai « chez moi »

Le retour fut glacial, mes parents étaient aussi mal à l'aise que moi.

On avait bien une histoire commune, des années passées ensemble, mais le lien n'existait plus. Nous étions des étrangers les uns pour les autres.

Je finis par abandonner cette idée d'anticiper mon émancipation.

Je décidai de préparer mon prochain voyage pour mes dix-huit ans et j'avais donc deux années pour envisager un avenir ailleurs. Je cherchai du travail.

Les voisins me proposèrent de passer du temps avec leur petit garçon : j'allais le chercher à l'école, je le gardais le mercredi et les soirs avant leur retour du travail.

Puis, d'autres parents me confièrent leurs enfants ; ponctuellement, ou les mercredis. Je gagnais un peu d'argent, mes parents en prenaient la moitié « pour la pension complète. » Je vivais chez eux, nous n'échangions que quelques mots essentiels et indispensables mais un grand fossé nous séparait, désormais.

Je végétais ainsi pendant un an sans plaisir, sans litige, sans rien.

Puis, un jour ma mère me proposa de prendre un stand de bijouterie fantaisie dans la galerie marchande du supermarché où elle travaillait comme responsable d'une bijouterie.

Et me voilà, vendeuse de bijoux en toc, à deux pas de la boutique de ma mère.

J'avais négocié de travailler aux moments les plus opportuns, je démarrais la journée à onze heures et je terminais à 19 heures. J'en ai profité pour mettre de l'argent de côté, j'ai passé mon permis de conduire, je me suis acheté une voiture.

18 ans et quart sonnèrent enfin, j'arrêtai de travailler avec cette fureur d'aller vers l'inconnu, vers un ailleurs.

Avignon

Je partis pour le sud de la France. J'avais de la famille en Avignon, un oncle, sa femme et son fils. Ils voulaient bien m'accueillir, en contrepartie, je passais du temps avec mon cousin alors âgé de huit ans. Je m'occupais de lui, j'allais le chercher à l'école, le soutenais dans ses devoirs. Je m'entendais très bien avec ma tante. Elle était sans préjugé, cultivée et pleine d'humour.

Nous partagions de bons moments ensemble.

Je cherchais de l'activité et à rencontrer des gens. Je percevais des indemnités du chômage, donc pas d'urgence particulière sur le plan financier.

Je finis par rencontrer un poète ; Max Boucat. Il venait de sortir un livre de poésie et souhaitait monter une lecture « vivante » de ces écrits.

Nous étions six acteurs, nous nous retrouvions trois fois par semaine, nous répétions les textes, nous mettions du mouvement, nous occupions la scène tant bien que mal. Et ça occupait mon temps aussi. Nous avons réalisé trois représentations au centre culturel d'Avignon. Sans succès.

Au sein de ma petite famille d'accueil, la tension est montée.

Ma tante avait un amant. Elle semblait heureuse, encore plus jolie.

Mon oncle le découvrit.

Tout s'est écroulé en lui et autour de lui.

Il avait ce sentiment que tout son être avait été trahi. Tout était remis en question. J'ai passé des soirées entières avec lui, il souffrait et ne parvenait plus à distinguer les belles choses, je tentais de l'écouter le plus longtemps possible, de le distraire, mais son discours devenait très rapidement insupportable.

Il n'était pas triste, mais anéanti.

Il ne mangeait plus, ne dormait plus, ne pensait plus.

Un soir, nous étions tous les deux, il me dit :

– « J'arrête. »

– « Tu arrêtes quoi ? » lui demandai-je.

Il planta ses yeux bleus dans mes yeux bleus.

– « Tout. »

– « Comment, tout ? Le travail ? »

– « Non, la vie. »

– « Arrête, il y a ton fils, tu ne peux pas ! »

– « Tu as raison, mais si je devais le faire, je pense que je ne me raterais pas, j'utiliserai deux moyens comme par exemple les médicaments et le gaz, ou un saut dans le vide et… »

Je l'arrêtai. Je ne pouvais concevoir une conversation sur ce sujet. J'avais pris mes renseignements auprès d'un médecin de quartier : si quelqu'un parlait ouvertement de se suicider, généralement il n'allait pas le faire ; en revanche, c'est un appel au secours qu'il fallait prendre en considération, m'avait il dit.

Tout de même, je me retrouvais bien seule face à ce désespoir et mon oncle ne voulait pas consulter.

Que de tristesse, que de larmes versées, mon oncle souffrait et je ne pouvais pas le consoler, il n'envisageait pas de survivre à cette infidélité, il s'effondrait dès qu'il tentait de se relever. Je me voyais impuissante face à son désir d'en finir.

Je continuais à m'occuper de son fils, ma tante restait silencieuse et désemparée. Je proposais à mon oncle d'aller faire un tour en Ardèche, j'avais des copains qui s'étaient installés là-bas.

Et parmi eux, un copain rigolo d'ailleurs, comme il était petit, il avait scié tous les meubles à sa hauteur, tables, chaises, etc…

Oui, il y a été.

Il n'en est pas revenu.

Il avait décidé d'arrêter. Là bas, il l'a fait.

Il s'était pendu et immolé par le feu. Une destruction parfaite et totale.

Je quittai rapidement Avignon après cet épisode, impétueuse…

C'était mon premier pas de majeure.

Monoprix

Je cherchais un travail. À l'époque, les métiers de l'éducation étaient bien vus. Éducateur Spécialisé, c'était vraiment le top : on pouvait révolutionner les méthodes pédagogiques, on pouvait se dire qu'on avait raison, qu'on changeait le monde si on s'occupait des enfants et des marginaux. Alors, ça m'a plu de me dire que j'allais œuvrer dans cet espace là. J'ai cherché comment faire et où faire.

Il fallait passer un concours d'entrée dans une école d'éducateurs, ce que je fis et que je loupai dans un premier temps. Mais comme il fallait également avoir une première expérience dans ce domaine, j'ai trouvé un travail dans un centre en Lozère, un contrat de onze mois. Puis, j'ai cherché une maison, je l'ai trouvée chez le curé, un petit village voisin.

Je travaillais dans un centre pour handicapées mentales, des filles de 6 à 26 ans, et je découvrais un nouveau monde. Le monde du travail avec les humains pour les humains.

Il y avait 10 centres sur un rayon de 10 kilomètres. La majorité des employés étaient des personnes qui vivaient sur place et qui travaillaient de fait dans ces centres. Il y aurait eu une fabrique de chaussures, tout le monde aurait probablement travaillé dans cette fabrique. Alors, voilà, les gens n'avaient pas la vocation. Des chaussures ou des filles handicapées, c'était bien pareil !

Mon titre était « élève stagiaire éducatrice ». Je travaillais soit le matin, soit l'après-midi, soit le week-end. Je gagnais beaucoup d'argent et j'avais beaucoup de congés.

C'est là que j'ai découvert la Lozère et surtout l'Aubrac. C'est là, où j'ai un peu retrouvé du « chez moi. » La nature déborde à cet endroit.

Élève stagiaire éducatrice, je prenais beaucoup de plaisir à communiquer avec les pensionnaires, il fallait toujours trouver des modes différents. Le regard suffisait parfois, d'autres fois, les gestes et la parole restaient vains. Parfois, nous ne souhaitions finalement pas échanger ; et puis nous nous cherchions, nous nous provoquions, les relations étaient à fleur de peau.

Je prenais le temps avec ces filles dites débiles. Magali faisait des « absences », il fallait les noter : 3 absences le matin, 7 absences l'après midi, alors son traitement augmentait, sinon elle finissait par faire des crises d'épilepsie. J'avais remarqué que quand elle devait se concentrer, elle ne faisait plus ni d'absence, ni de crise, alors je l'accompagnais à descendre et à monter les escaliers, elle faisait beaucoup d'efforts pour cela et parvenait à ne faire aucune absence. C'était ma petite victoire personnelle, dès que je partais, les crises reprenaient, je le savais.

Je travaillais souvent avec un éducateur, Alain, sur le même groupe. Il y avait 6 groupes répartis dans une grande maison de maître. Alain et moi faisions souvent équipe, nous les avons emmenées en piscine ; personne n'osait à l'époque se baigner avec elles : c'était sale, nous disait-on.

Nous avons enseigné le calcul à la jeune Élisabeth, compter jusqu'à 10, puis 20 puis 30 avec les cubes, les barrettes et les plaques. Les couleurs lui plaisaient également, le jaune, le rouge, le bleu, le violet, le blanc. Et nous l'avons même encouragée à travailler dans un magasin de pelotes de laine, c'était une révolution dans l'institution.

Je croyais aux méthodes éducatives différentes, je voyais les autres employées agir et je savais que j'avais une autre façon d'appréhender la relation pédagogique.

Alain m'encourageait, m'expliquait, me donnait des références, il nommait. Le seul frein était l'institution elle-même : saisir l'opportunité de sortir une pensionnaire, faire une promenade à l'extérieur, aller voir le monde était un parcours de combattant : une demande écrite, des arguments et de la patience.

Aucun acte en mouvement ne pouvait être spontané, des règles implacables régissaient la vie interne de ce centre médico-pédagogique.

Peu à peu, je laissais de côté le combat et les arguments et je profitais de l'environnement, des paysages.

Je gagnais donc bien ma vie et j'avais beaucoup de congés, les « trimestriels. » Je faisais du cheval sur les plateaux et du canoë kayak dans les gorges, je cueillais les champignons et les mûres dans les forêts.

Je découvrais la nature.

J'avais rencontré Vincent, un grand maigre avec des cheveux longs, il faisait le même job que moi, nous étions tous deux des « immigrés » parmi les Lozériens. Nous aimions nous retrouver le soir pour boire de la liqueur de cassis, pour jouer aux échecs, pour manger du riz au lait ou pour aller gambader dans la nature. Nous aimions avancer vite dans la campagne sans parler, nous partions sur le flanc d'une colline tels des conquérants, nous découvrions des villages abandonnés, nous absorbions les paysages de cette région encore sauvage.

Catherine était également une « élève stagiaire éducatrice » de la même époque, lors d'un congé trimestriel, nous sommes parties faire un stage de théâtre. Mon premier vrai stage de théâtre avec Corinne Grassin vers Blois.

J'y découvrais mes différentes facettes, je découvrais les possibilités intérieures de pleurer et de rire de soi. Je découvrais la représentation de soi. Je découvrais un état qui ne m'a pas quitté depuis ce temps là : la conscience de cette distance entre soi et l'autre…

Je me découvrais clown, je provoquais rires et fou rires et j'avais une telle malice en moi, que je trouvais des événements tragi-comiques en voyant une mouche voler, en entendant un bruit de porte qui claque, en perdant mon pantalon. Toute situation pouvait être amplifiée, dramatisée et basculer en une seconde sur un éclat de rire. Je possédais finalement une sacrée dose de dérision et un sens du rythme dans l'espace scénique.

J'habitais donc dans un petit village sur le flanc d'une colline, je louais une maison chez le curé sur la place de l'Église. Je n'étais pas acceptée par les Lozériens. Ils se garaient devant ma porte m'empêchant ainsi de rentrer chez moi. Je trouvai par deux fois un rat mort sur le sol derrière une fenêtre que j'avais laissée ouverte. Le fermier refusait de me vendre son lait. Personne ne répondait lorsque je saluais.

Puis, plusieurs événements se sont produits.

Un jour, en allant ramasser des mûres dans les hauteurs du village, je rencontrai un vieux Monsieur qui m'interpella : il venait de se faire mordre par une vipère. Il me demanda si je pouvais l'emmener rapidement à la clinique. Je m'empressai de le conduire en ville.

À notre arrivée dans la salle d'attente, il fut rapidement pris en charge par un médecin, il ne m'avait pas parlé durant le voyage et j'étais assez terrorisée par cette morsure venimeuse. J'attendis une bonne demi-heure assise, quand la porte se rouvrit. Le vieux Monsieur fut très surpris de ma présence. Il était sorti d'affaire, me dit le médecin : il avait, en fait, pratiqué une incision assez importante dès qu'il avait senti le reptile l'attaquer et le venin ne s'était pas répandu. Il pouvait rester en observation à la clinique ou rentrer chez lui mais sous surveillance. Une infirmière passerait voir l'évolution. Le vieux Monsieur préférait rentrer chez lui. Je lui proposai alors de le raccompagner.

C'est le médecin qui me répondit « Oui, merci »…

Lors du retour en voiture, mon passager prononça tout de même quelques mots.

Des mots simples et directs.

« Merci. »

« Je suis né dans cette maison » en montrant une bâtisse sur la droite.

« Je m'appelle Charles. »

« Prenez le chemin sur votre gauche. »

Charles ne me laissait pas d'espace ni de temps pour lui répondre, il ne souhaitait pas un véritable échange. C'était à sens unique et c'était bien ainsi.

« C'est là. »

Je m'arrêtai et restai silencieuse.

« Je vous revois bientôt. » dit-il avant de claquer la porte de la voiture.

Je ne savais pas si c'était une question ou une affirmation.

Je lui répondis simplement : « Oui. »

Par la suite, Charles fit déposer chez moi ses signes de reconnaissance : une fois un bouquet de fleurs, une autre fois quelques cèpes ; en tout cas, cette aventure avait fait le tour de la vallée et les regards sur moi commençaient à changer, on me disait enfin bonjour.

Le fermier du village avait lui aussi longtemps résisté : il refusait de me vendre du lait et des œufs, prétendant à chaque fois qu'il n'en avait plus, malgré mes tentatives de ruse. J'avais essayé à toutes les heures de la journée, j'avais attendu de le voir quitter sa ferme sur son tracteur, pour demander à sa femme. Rien n'y faisait.

Or, un jour où j'étais au volant de ma voiture, il se trouva devant moi en tracteur, roulant lentement. La côte était rude pour atteindre la ferme, il aurait pu me laisser passer en se mettant sur le bas-côté, mais il préférait occuper toute la route. Je n'ai jamais su s'il le faisait exprès.

Il y avait du vent ce jour-là et sa casquette s'envola. Il tenta un geste pour la rattraper. Mais la casquette roula sur la route…

Je m'arrêtai, la ramassai et me rendis chez lui pour la lui rendre.

Il me regardait arriver et comme s'il avait peur, il reculait par petits pas incertains jusqu'à ce qu'il vît sa casquette dans mes mains.

Il me scruta, je lui souriais. Il restait immobile. Puis, je lui ai tendu son couvre-chef. Il me demanda si je souhaitais du lait ou des œufs tout en tirant sur la visière de sa casquette. À partir de ce jour, j'avais régulièrement des œufs, une salade, du lait devant ma porte à la tombée du soir. Jamais il n'a voulu que je le paye, jamais. Et chaque fois que je le croisais sur son tracteur, il agitait son bras et il me semblait même percevoir un sourire.

Et puis, il y a eu cet élégant gentleman, que je croisai un jour dans ce petit supermarché, Monoprix, je crois. Un vieil homme dont j'avais entr'aperçu la longue silhouette en costume gris en entrant. Il me barra le chemin avec sa canne au détour d'un rayon et me dit : « Si vous ne vous arrêtez pas pour que je vous admire, vous mériteriez que je vous gronde. »

Jamais on ne m'avait parlé ainsi, jamais je ne m'étais sentie ainsi regardée et appréciée : c'était Pierre.

Cette rencontre d'une rare intensité m'enchantait, me surprenait et je souris. Le vieil homme m'emmena boire un café sur la place principale, nous avons échangé pendant des heures dans ce bistrot. Il me parlait de tout, de rien. Il adorait citer des auteurs, nous faisions des concours de la citation la plus appropriée selon le sujet de notre conversation. Nous sommes devenus rapidement amis. Nous ne passions pas une semaine sans nous voir et échanger nos points de vue. C'était un tendre, un galant, un raffiné. Que de calmes sensations m'ont traversée à son contact… !

Courtisan d'une autre époque, ses manières désuètes et très vieille France tranchaient sur mon univers quotidien.

Pierre était un notable de la Lozère : il habitait dans une aile d'un château presque délabré à quelques kilomètres de mon lieu d'habitation. Cette rencontre m'a beaucoup appris sur l'histoire des Lozériens-terriens, leur fierté, leur appartenance, leurs racines.

Il m'a fait aimer ce pays, m'a souvent emmenée sur l'Aubrac, un endroit où je me sens moi-même, un espace-temps où je retourne régulièrement, plusieurs fois par an pour l'arpenter, pour me ressourcer, pour ne rien y faire, pour retrouver du sens.

Il m'a également introduite parmi la population locale, sans rien dire, il suffisait qu'on me voie en sa compagnie.

Je croisais des personnes qui me saluaient, je devenais connue. Merci Pierre, pour ton grand cœur.

Pierre est mort un jour d'une crise cardiaque. La vallée entière s'est retrouvée à son enterrement, les yeux rougis et le cœur gros.

La Lozère, c'était aussi pour me former professionnellement : je tentai quelques concours d'entrées dans les écoles de moniteurs éducateurs. Sans aucun succès. Je suis bien trop rebelle. Lors des sélections, je provoquais mes interlocuteurs, même sans le vouloir. Comme ce jour où, en brassard avec un numéro d'identifiant, nous étions une trentaine, un moustachu entouré de trois personnes du jury nous lançait un mot imagé et nous devions l'illustrer avec notre corps. Il prononça le mot « le coin » et là, vingt-neuf personnes se sont allongés et ont fait un angle plutôt droit sur le sol avec le haut du corps et le bas du corps. Une seule personne est restée debout, droite comme un « i » les deux bras tendus formant un angle dans l'espace. Être la seule personne à se retrouver ainsi ne résonne pas en simple constatation objective. Là, c'est l'exclusion naturelle. Symptomatique.

La Lozère, c'est aussi les routes sinueuses, les gorges étroites, les distances qui n'en finissent pas.

J'avais une petite voiture Autobianchi, presque de sport et je m'amusais souvent à me faire des frayeurs.

Je roulais vite, me provoquant moi-même, je pariais une vitesse pour passer un virage. Je jubilais suite à des accélérations juste à la fin des courbes. Je faisais peur aux poules sur les routes départementales.

Or, un jour, revenant d'une discothèque tard dans la nuit, je me souviens que je roulais vite, enfin comme d'habitude, et je me suis endormie. Réveillée au petit jour qui pointait, je me rendis compte qu'il faisait froid, le moteur était arrêté, la voiture encastrée dans un bosquet. Tout était calme. J'ai mis du temps à comprendre ce que je faisais là, à me remettre les idées en place, à saisir le déroulement des événements.

Je m'étais endormie au volant. Puis, j'ai eu peur. J'avais bel et bien eu une absence qui aurait pu me coûter la vie.

Un autre jour, j'étais allée boire du champagne chez Thierry, un collègue de travail, éducateur. Il habitait assez loin de chez moi ; en Lozère, on compte plutôt en temps et la distance était de 35 minutes.

En partant de chez lui, il devait être 22 heures, j'avais un peu trop bu, je me souviens qu'il m'avait dit de faire attention, alors, je l'avais écouté et pris la route tranquillement, ne dépassant par les 60 km /heure. Je connaissais bien cette route, chaque virage était dans mon corps, j'anticipais les accélérations, les ralentissements. Je savais qu'à tel endroit, il y avait un arbre mort sur la gauche, qu'à tel autre endroit le lampadaire ne fonctionnait plus. Lorsque je suis arrivée chez moi, il était 5h30 du matin.

Il me manquait du temps dans ma tête.

Que s'était-il passé ? Sept heures d'absence totale.

Je suis désormais très prudente en voiture.

Finalement, ne réussissant aucun concours d'éducatrice, je terminai mes onze mois dans l'Institut médico-pédagogique sans projet.

J'appréhendai l'avenir sans outrance, cette fois ci.

J'ai fait quelques remplacements sur des postes d'éducateurs, je profitais pleinement de la nature et je lisais *Libération*.

Libération

Les petites annonces du journal *Libération* de cette époque étaient très surprenantes : des prisonniers souhaitaient correspondre avec quelqu'un de l'extérieur, on cherchait un compagnon de voyage pour partir en Inde, on échangeait son frigo contre un billet de train, on écrivait un poème destiné à sa compagne… Sans vraiment chercher quelque chose, je prenais plaisir à les lire.

Un jour, deux annonces ont particulièrement retenu mon attention : *« Cherche quelqu'un pour faire quelque chose »* et *« cherchons comédienne pour le rôle d'Estelle,* Huis clos *de Sartre. »*

Je répondis aux deux annonces. À la première, j'expliquai que je souhaitais faire quelque chose également mais que je ne savais pas encore quoi, que je ne manquais pas d'idées et que nous pourrions les évoquer lors de notre très prochaine rencontre.

Pour la deuxième annonce, je téléphonai pour le rôle, mais l'audition avait eu lieu la veille, ils avaient vu plusieurs candidates et ils prendraient rapidement une décision. J'insistai en prétendant que je serais à Nîmes le lendemain et que c'était vraiment dommage de ne pas se rencontrer.

Et le lendemain, je me retrouvais sur les planches d'un théâtre à Nîmes avec le texte de Sartre dans les mains, face à trois personnes de la Compagnie.

On me proposa d'improviser des situations avec les mots que je lisais. Ma seule véritable expérience en théâtre était le stage avec Catherine à Blois. Je connaissais le sens du mot « improviser » mais je manquais tout de même d'expérience. Je me lançai tout de même.

Étonnée par moi-même, je me surpassais, je me sentais légère, inventive, brillante. Je me surprenais à les faire rire, je sentais leur attention, je trouvais des enchaînements de situations incongrues.

Allongée face écrasée contre le sol, empêchée d'articuler, puis sur les genoux d'un membre du jury, je me souvenais qu'Estelle était séductrice. Puis, je me mis à courir, haletant le texte. Je prenais l'accent espagnol sur les passages où le personnage d'Inès, repris par le metteur en scène pour l'occasion, me donnait la réplique.

Je ne me reconnaissais pas moi-même, je prenais un plaisir immense à saisir les idées qui fusionnaient, à les exploiter, à jouer avec elles.

Puis, je décidai de m'arrêter, je me mis debout face à eux trois, immobile.

Il y eut un silence assez long. Je sentais que je les avais un peu déroutés.

Le metteur en scène me dit enfin :

« Nous devons nous voir pour échanger sur votre prestation. Pouvez-vous repasser ce soir vers 19 heures au Théâtre ? »

J'ai ainsi visité Nîmes, la Maison Carrée, les jardins de la Fontaine, quelque chose me disait que j'allais habiter cette ville.

À dix-neuf heures, je les ai retrouvés. Le metteur en scène me dit : « Nous commençons les répétitions lundi prochain, vous ferez Estelle. »

Et hop ! Me voilà Nîmoise.

En moins d'une semaine, je quittai ma maison de Lozère, je laissai mes meubles, mes affaires. J'emmenai mes vêtements, mes livres et mes plantes vertes. Le curé m'avait regardée partir : *« Je vous regrette déjà »* m'avait-il dit en encaissant le dernier loyer.

Je laissais la Lozère mais y gardais de précieux amis et une attache de cœur. Arrivée à Nîmes, je dormis dans ma voiture pendant une semaine au milieu de mes valises, cartons et plantes vertes. Je me douchai au Théâtre, j'oubliai de manger.

Je trouvai rapidement un appartement, à côté du chemin de fer, un grand studio meublé. Et là seulement, j'ai eu de nouveau faim. Irrésistiblement. J'avais envie de manger du beurre... j'avalai une plaquette entière à la petite cuillère.

Les répétitions de *Huis Clos* étaient intenses, je prenais la posture d'une comédienne expérimentée, j'apprenais mon texte par cœur, mais nous improvisions à partir de thèmes sur l'enfermement et retenions les meilleures propositions.

Je m'en sortais plutôt pas mal...

Le théâtre venait de me pénétrer, j'avais de l'énergie. C'était un vrai challenge, j'étais aussi une vraie débutante, et pourtant j'avais cette sensation d'être à ma place.

Je reçus aussi la réponse à la première petite annonce : c'était un certain Giovanni, homme riche qui cherchait à investir dans des projets artistiques.

Nous nous sommes rencontrés plusieurs fois, rapidement nous avons sympathisé. Il m'emmenait dans son immense domaine du côté de Salon de Provence, il y avait aménagé des ateliers d'artistes, qui restaient vides, faute d'artistes. Nous échangions des idées, je n'avais pas de projet concret à lui proposer mais je profitai du luxe qu'il m'offrait et de sa piscine en plein air. Nous passions du bon temps ensemble.

Il me proposait le confort, je lui apprenais à manger le poulet avec les doigts et à bivouaquer au bord de la rivière. Je lui parlais des répétitions au Théâtre, il me demandait mon avis sur son business, ses investissements. Comme je ne comprenais pas tout, mes questions l'étonnaient toujours, l'irritaient parfois. Nos échanges étaient riches.

Et puis un jour, nous nous sommes retrouvés dans le même lit. Au petit matin, en l'apercevant, je n'ai vu qu'un étranger à côté de moi. Je perçus tout à coup nos différences comme un fossé : partager cette intimité-là ne rapproche pas toujours. Je me suis levée, j'ai pris mes affaires, je suis rentrée à Nîmes et je ne l'ai jamais revu.

Au Théâtre, tout avançait bien quand le personnage principal, Marc, revenant d'un séjour parisien, nous annonça qu'il venait d'être embauché par un metteur en scène parisien. Il quittait donc la compagnie de théâtre, son rôle, la pièce.

Bon.

Marc me proposa de reprendre tous les cours de Théâtre qu'il donnait dans les écoles, les collèges, les lycées ainsi que les stages programmés pour adultes et adolescents pour l'année en cours. Ça m'allait bien. J'étais contente, un nouveau challenge !

Sans Marc, la compagnie ne souhaita pas poursuivre le travail sur *Huis clos*, elle maintint les activités pédagogiques, dont les cours et les stages que Marc m'avait confiés.

Désormais, je travaille beaucoup pour préparer mes interventions, je me forme auprès d'autres acteurs de compagnies de Théâtre.

J'apprends le chant, le métier de clown, les acrobaties simples ; je travaille régulièrement ma voix. Je lis des ouvrages sur le théâtre, sur l'énergie de l'acteur, l'espace théâtral, la commedia dell'Arte.

Je deviens la « prof » de théâtre de la Compagnie.

Nous décidons de monter une nouvelle pièce : *la Bicyclette du condamné* d'Arrabal, pour le festival d'Avignon.

On me donne le rôle de Tasla, une femme-enfant putain.

Je découvre l'univers d'Arrabal, sa lutte pour la liberté d'expression, son combat contre Franco, sa passion des échecs et ses obsessions de bourreaux, de victimes.

Les répétitions sont laborieuses, le metteur en scène souvent indécis, ce spectacle se monte avec beaucoup de tension.

Au festival d'Avignon, la pièce ne marche pas, les spectateurs sont absents, les diffuseurs et programmateurs également. Nous jouons tous les soirs à 19h, le matin nous collons les affiches, l'après-midi nous allons aux rencontres professionnelles, puis à 18h30 nous préparons la salle, il fait chaud. Nous sommes tous épuisés.

Mon partenaire n'est pas dans son assiette, le festival ne nous amènera que des dettes…

Mais j'ai continué à dévorer tous les livres d'Arrabal, tout en prenant la décision de ne plus être comédienne… du moins dans ces conditions.

« Ouvre ! »

Après le festival d'Avignon, j'en reviens à mes cours de Théâtre. Je développe des cours très physiques, on y bouge, on y saute, on y chante. Les ados et les adultes viennent de plus en plus nombreux, je démultiplie les cours et j'organise des stages. Mais ce n'est pas suffisant pour vivre, alors, je trouve un emploi à temps partiel à la caisse d'un cinéma.

J'y rencontre les gens de la nuit, les fins de soirée dans les discothèques. Un milieu assez louche. J'assure la caisse du cinéma, une séance par jour, en alternance, l'après-midi ou le soir.

La vie va ainsi.

Je donne des cours de théâtre, je me perfectionne au travail de masque par des stages de Commedia dell'Arte et de fabrication de masques en cuir, je travaille comme caissière.

Pour ne pas m'ennuyer au cinéma, je regarde beaucoup de films, je fais toutes les avant-premières. De là me vient l'idée de présenter les films à la Radio Libre de Nîmes lors de leurs sorties. Je me mets à écrire, à me documenter, à faire des dossiers de presse et je me souviens du premier film dont j'ai parlé dans les studios : *Flashdance*.

Un nouveau genre, un véritable succès.

L'un de mes frères, à la sortie de son service militaire, était alors venu habiter avec moi, nous partagions le même appartement, un grand studio. Je l'avais mis en contact avec les gens des cinémas que nous retrouvions tard dans la nuit et au petit matin.

Il avait trouvé un job également dans un cinéma : contrôleur de billets, si je me souviens bien. J'ai gardé surtout l'image du hall du cinéma où il travaillait, il décorait cet espace comme personne n'aurait pu le faire. Il découpait des affiches, les superposait et réalisait ainsi des personnages en trois dimensions.

Un jour, ma collègue de travail me demanda de la remplacer un dimanche soir. Je ne travaillais jamais le dimanche, c'était bien mieux payé et elle se le réservait.

Je me souviens être arrivée avec des amis, Jacqueline et Jean, avec lesquels j'avais passé l'après midi ; ils m'ont déposée devant le cinéma. J'avais d'abord un grand couloir à traverser, puis, j'ouvrais une première porte avant d'atteindre les escaliers qui me menaient au bureau, où m'attendait mon fond de caisse dans un compartiment du coffre-fort.

Tranquillement, je montais les escaliers. J'étais en avance.

Arrivée devant la porte du bureau, je cherchais les clefs de l'alarme, quand soudain, en bas de l'escalier, la porte des toilettes s'ouvre et, à peine entr'ouverte, en surgit une silhouette noire, visage cagoulé, une arme à la main, dirigée vers moi.

Il gravit les escaliers quatre à quatre jusqu'à moi. *« Ouvre ! »* me dit une voix tremblante. Mon corps se mit au ralenti, ma main cherchait la bonne clef, mon esprit s'agitait, des images s'accéléraient dans ma tête.

Que dire ?

Que faire ?

La peur m'envahissait.

Je ne devais commettre aucune erreur.

J'ouvris la porte du bureau, l'alarme se mit à retentir. L'homme pointa son arme sous ma mâchoire, c'était froid. *« Arrête cette alarme ! »* Je trouvai la bonne clef rapidement, j'arrêtai ce bruit assourdissant.

Nous nous retrouvâmes tous deux dans ce bureau désert. Cette pièce ne m'avait jamais semblé aussi froide et lugubre. À l'intérieur se trouvait une autre porte qui menait au coffre-fort. Je me dirigeai vers celle-ci, il me suivit. La clef entrait dans la serrure sans ma conscience, mon geste était machinal, un brouillard remplissait ma tête. Devant le coffre-fort, une autre peur m'envahit ; je n'avais pas les clefs du coffre principal, j'avais juste la clef d'un compartiment au bas du meuble en fer où ma caisse se trouvait. Je tentai de lui expliquer : *« Je n'ai pas les clefs du coffre. »*

Je ne reconnus pas ma voix. Elle était grave et posée.

Nos regards se scrutaient, il avait les yeux bleus, il appuya son arme sous mon menton : *« Ouvre. »* J'ouvris le compartiment, en retirai la petite caisse qui devait contenir deux milles francs, quelques billets et quelques pièces. Il me répéta : *« Ouvre la porte »*, je ne sais plus ce que j'ai pu lui répondre.

Peut-être que je n'étais là qu'à temps partiel, que je n'avais jamais eu les clefs du coffre, que je m'en foutais de ce fric, que je ne gagnais même pas ce fond de caisse, peut-être que je tentai de lui expliquer ma situation pour qu'il me croie, pour qu'il enlève ce flingue de mon visage, pour qu'il s'en aille et que tout redevienne normal. Le cauchemar devait s'arrêter, je me sentais épuisée par cette situation incompréhensible.

Il prit la petite caisse que je lui ouvris, compta les billets, les empocha et s'en alla.

Je me retrouvai seule dans ce bureau. Que faire ?

J'essayais de retrouver mes esprits, je n'y arrivais pas. Je tentais de prendre le téléphone, je faisais des numéros en espérant que ma mémoire se souvienne de celui du contrôleur, de l'autre caissière, du directeur. Je n'y parvenais pas, aucun numéro n'aboutit. Je me décidai alors à quitter ce bureau.

Je dévalai les escaliers, franchis toutes les portes jusqu'au snack qui se trouvait à côté du cinéma. J'entrai, je devais avoir une tête particulière, le patron me vit et m'emmena dans la cuisine : *« Que se passe-t-il ? »* Je crois lui avoir répondu en hurlant : *« Appelle la police, je viens d'être braquée ! »*

C'est à ce moment-là que je compris enfin ce qui venait de m'arriver. Je me mis à pleurer.

La police est arrivée et un autre cauchemar commença : l'interrogatoire. Ils étaient trois, deux étaient en uniforme et l'un en costume de ville ; ils me bombardaient de questions, je n'avais pas le temps d'y répondre, ils m'énervaient.

Ils m'ont emmenée près du coffre, j'essayais de leur expliquer l'ordre des événements, ils me coupaient sans cesse la parole…

Je finis par crier : *« Laissez moi parler ! »* Le costume de ville prit le téléphone et appela un médecin, il voulait me calmer. Ils continuèrent à me questionner jusqu'à l'arrivée d'une ambulance ; je les regardais sans rien dire, j'étais trop fatiguée.

Le médecin demanda à ce que nous restions seuls quelques minutes. Je lui expliquai ma mésaventure, calmement. Il m'écouta puis demanda aux policiers de m'emmener ailleurs.

Je me souviens de cet homme en uniforme qui lui dit :

« Vous ne la piquez pas ? »

Et de cette réponse qui me fit du bien :

« Non, je vous demanderais juste de lui parler calmement. »

On m'emmena au commissariat de police comme une criminelle, entourée d'hommes en képi, il me manquait juste les menottes.

Je me retrouvai avec le commissaire dans son bureau, il me proposa un café. J'en ai eu besoin, nous avons passé la nuit à parler.

Il me reposait les mêmes questions plusieurs fois, revenait sur mes déclarations, s'accrochait à un détail, puis me demandait à nouveau de lui raconter certains passages. Je n'en pouvais plus, je crois même que je me suis endormie pendant ces questions et je me suis réveillée en lui répondant, ma propre voix m'ayant fait sursauter.

Il était cinq heures trente quand je suis rentrée chez moi, le jour se levait.

Trois heures plus tard, j'animais un stage de théâtre dans une école d'éducateurs.

Cette mésaventure ne s'est pas arrêtée là.

Quelques semaines plus tard, convoquée au tribunal, je me retrouvai devant un juge, quelques policiers et surtout deux hommes menottés.

Je devais identifier mon malfaiteur.

Je ne savais pas qu'on pouvait refuser ce genre de face à face, on pouvait se porter malade, un certificat médical suffisait. Je me souviens de cette matinée, j'avais mis mon nouveau rouge à lèvres.

J'arrivai au tribunal, on me fit entrer dans une pièce, tout le monde m'attendait.

Il était là.

Je l'ai tout de suite ressenti.

Mon instinct s'était activé. Une peur, que je reconnaissais m'avait traversée.

Le juge me présenta à l'assemblée : nom, prénom, adresse. L'adresse ? J'étais abasourdie ! Comment pouvait-il se permettre de donner toutes mes coordonnées à mon « gangster » ?!

Il me demanda ensuite si je reconnaissais l'un des hommes comme l'agresseur du cinéma. Je me sentais seule, tellement seule devant cette procédure imbécile. Je regardais les deux hommes menottés. Une vague de vengeance me traversa. Je dis que je ne pouvais pas reconnaître le visage car l'homme avait une cagoule.

Le juge me demanda si je voulais que les deux hommes mettent une cagoule, je n'en espérais pas tant et je dis oui ; je demandai également qu'ils me disent les mêmes mots, ceux qui ne m'avaient pas quitté, qui résonnaient encore dans ma tête : « *Arrête cette alarme !* » et « *Ouvre !* »

Les deux hommes s'exécutèrent, je pris un autre plaisir devenu malin à demander à l'homme que j'avais bel et bien reconnu d'enlever ses chaussures. Il avait des talons et je voulais simplement l'embêter, lui faire comprendre que je savais, mais que je me foutais de cette mascarade… Juste qu'il comprenne que je savais.

On lui avait enlevé les menottes, je voyais ses mains trembler, puis son corps devint maladroit. Il me regarda dans les yeux, de ce bleu inoubliable, me dit les mots voulus avec cette voix tout aussi inoubliable, ses lèvres se tordaient.

Je ne sais pas si c'était mon imaginaire ou si nous nous comprenions à cet instant ; nos regards en disaient long, je soutenais le sien avec arrogance, je voulais qu'il sache que je savais… !

Puis, je lâchai :

« Non je ne reconnais pas mon agresseur. »

À peine avais-je dit ça que les deux hommes étaient emmenés dans la salle d'à côté, que l'on me remerciait et me saluait. Je me retrouvai dans la rue, seule, vidée.

Une semaine plus tard, cette voix si prenante, si redoutée me téléphonait :

– « Allô, tu es seule ? »

Je répondis, sans réfléchir :

– « Oui. »

– « Alors, j'arrive. »

Panique !

Tout se remettait dans l'ordre, la voix, le tribunal, mes coordonnées, le téléphone, la peur. Je courus au commissariat de police, je revis le commissaire avec lequel nous avions passé une nuit à ressasser ce braquage, je lui racontai cet appel téléphonique, il me répondit qu'il ne pouvait rien faire.

Rien faire ?

Me voilà avec ma peur au ventre réactivée, j'étais terrorisée. Ces épisodes téléphoniques se sont reproduits, chaque fois tard dans la nuit. Je me barricadais, je me réfugiais dans mon lit, sous ma couverture, je ne bougeais plus, j'écoutais. J'étais effrayée, sous emprise, pourtant rien de plus ne se produisait, juste ces appels et ces mêmes mots.

Je ne sais pas non plus pourquoi je m'obstinais à décrocher. Un soir, un ami venu dîner resta dormir à la maison. Vers deux heures du matin, le téléphone sonna. Vite, je lui racontai l'histoire de ces appels. Il prit le téléphone et attendit, rien au bout du fil, pas de mot, rien. Il dit alors : *« Tu ne dis rien, hein ? Pauv' con, t'en perds tes couilles, de m'entendre, hein ? »* Puis, il raccrocha.

Plus aucun coup de fil ne suivit cet appel définitif. Il a suffit de cette voix masculine, de ces quelques phrases de mon ami pour stopper cette terreur.

Mais l'histoire ne s'est pas encore arrêtée là. Six mois plus tard, je perdis mes cheveux. Je veux dire tous mes cheveux ! Je me souviens des touffes que je m'arrachais, des poignées de cheveux entre les doigts jusqu'à demander à un ami de me raser le crâne. Je déprimais. La perte des cheveux est aussi violente que la perte d'un membre ou d'un organe.

Esthétiquement, je m'en sortais bien, crâne rasé... Je me maquillais beaucoup, je mettais de grosses boucles d'oreilles, j'avais un style tunique colorée et large ; j'étais assez jeune pour bien porter cela, mais j'étais inquiète.

Je consultai les médecins, les spécialistes. Chacun me trouva quelque chose qui nécessitait un traitement. Je m'arrêtai plus particulièrement sur un diagnostic d'un ORL : il trouvait que j'avais les sinus particulièrement encombrés. Il envisageait une opération, il voyait aussi ma détresse, il me proposa une action esthétique également... C'est vrai que j'avais les oreilles décollées, parfois cela me complexait parfois ça n'avait aucune importance.

Je décidai de lui faire confiance et je me retrouvai dans une chambre d'hôpital.

L'opération s'est très mal passé, les cartilages des oreilles n'avaient pas apprécié les fils, je faisais une allergie à la jolie couture et les sondes qu'il m'avait mises dans les narines avaient collé les parois et me brûlaient.

Il devait recommencer l'opération des oreilles, en revanche, je lui demandai de laisser tomber l'histoire des sinus.

Je sortis de l'hôpital complètement différente après ces deux anesthésies générales. Je fis une boulimie impressionnante. Je remplissais mon frigo et le vidais dans les deux heures qui suivaient. J'étais très mal.

Je décidai d'aller revoir un dermatologue qui avait nommé le phénomène de la perte des cheveux, il l'avait appelé « pelade. » Il proposait des rayons UV.

Chaque jour, je me retrouvais en clinique, dans une cabine avec des lumières violettes. Je bronzais bien et partout, mais mes cheveux ne repoussaient toujours pas.

Je pris également rendez-vous chez un dentiste, le docteur Malbelle, un homme charmant. Il me parla de barrage énergétique, d'homéopathie et de santé globale et de perte de cheveux suite à un choc psychologique, c'était bel et bien mon cas. Nous parlions longtemps, il m'interrogeait sur mon mode de vie, mon comportement, ma personnalité, etc. Il tentait des traitements, des granules tout en me soignant les dents.

Mes cheveux ont commencé à repousser à ce moment-là. Merci, Monsieur le dentiste !

Ils ont repoussé blonds et frisés avant de retrouver leur texture. C'était joli.

Je continuai le théâtre sans grande conviction, mes cours me semblaient répétitifs.

Je n'avais plus remis les pieds au cinéma, d'autant que j'avais appris que, finalement, tout le monde avait été informé de ce braquage : c'était le copain de l'ex-caissière à laquelle j'avais succédé qui avait fait le coup. Même le remplacement du fameux dimanche avait été prémédité.

Il me fallait vivre une autre aventure, cela devenait symptomatique.

Je cherchai un autre boulot et trouvai un job dans un café théâtre.

Les passoires

Nous étions trois : Bertrand, Cédric et moi.

Bertrand avait créé ce Café Théâtre parce qu'il était militant, il défendait l'artiste, les petites scènes, les projets émergents et parce qu'il ne supportait pas d'avoir un patron.

C'est lui qui choisissait les spectacles, très subjectivement, par coup de cœur. Parfois, Cédric et moi lui rappelions qu'il fallait peut être un peu plus de musique, ou un peu plus de chanson française, ou un peu moins de théâtre selon les moments, histoire d'équilibrer la programmation et satisfaire plusieurs publics.

Mais Bertrand était souvent de mauvaise foi, caractériel, c'était le boss, indiscutablement. Son lieu tenait bon parce qu'il était justement ce personnage entier et parfois injuste.

Cédric, bon bougre et travailleur, était toujours prêt à rire. La bonhomie même, un excellent collègue avec lequel je prenais plaisir à travailler.

Bertrand et Cédric se ressemblaient physiquement comme deux gouttes d'eau : crâne dégarni, barbe et bien en chair.

Moi, je servais les boissons derrière le bar, je rédigeais le programme des spectacles, j'assurais la billetterie, les éclairages et toutes les polyvalences imaginables lors des soirées de spectacles, concerts et autres animations.

Je faisais aussi « la fille » du lieu. Je décorais et composais les bouquets de fleurs, je mettais la touche de couleur qui adoucissait le climat nocturne. On m'envoyait aussi les âmes en peine, que j'avais la patience d'écouter, au coin du bar.

J'y ai vu beaucoup de spectacles : Bertrand savait pister quelques perles qui sont aujourd'hui célèbres au café-théâtre et dans la chanson.

J'y ai rencontré aussi l'homme avec lequel je pris un appartement pour la toute première fois, pour vivre en amoureux au quotidien.

J'ai vécu des moments magiques de rencontres de grands musiciens venus répéter dans la salle du Café-Théâtre pour le festival de jazz de cette époque. Il y a eu des soirées inoubliables de rires, d'émotions, de fatigue.

Les afters étaient tout aussi riches.

Nous restions éveillés jusqu'au petit matin dans la salle de spectacle ou chez Bertrand à boire, à rire, à jouer ; nous refaisions parfois le spectacle de la soirée à notre façon, et le monde aussi, d'ailleurs.

Un soir, lors d'un concert de musique méditerranéenne, je suis restée suspendue toute la soirée au son du saxophone, ses ondulations et ses rondeurs me fascinaient. Je n'arrivais pas à servir les clients, j'étais charmée par le jeu du saxophoniste.

À la fin du concert, je suis allée le voir pour lui demander de me donner des cours. Il n'en donnait pas. Mais cela ne me découragea pas.

Il fallait que je me procure cet instrument. Je cherchai dans les magasins, un saxophone d'occasion, mais même ceux là restaient trop chers. En revanche, je découvris, au fur et à mesure des essais, celui que je voulais : un ténor.

Je n'avais pas d'argent mais je décidai de mettre une annonce dans un journal.

J'avais toujours ma petite voiture Autobianchi dont je ne me servais plus beaucoup ; il y avait quelques réparations à faire mais je n'avais pas les moyens de m'en occuper. Donc, je tentais *« échange voiture contre un saxophone Ténor »*

À ma grande surprise, j'ai eu une réponse inespérée : on me prenait ma voiture en échange d'un saxophone Ténor Selmer Mark VI. Un gendarme quittait la fanfare de son village et son fils, passionné de courses de voiture, était intéressé par ma voiture pour les rallyes locaux. L'instrument était dans un état similaire à ma voiture, plein de petites réparations : il fallait changer tous les tampons, remplacer une clef, faire quelques réglages ; mais j'étais très contente de cette acquisition.

Je retournai voir le saxophoniste aux sons ondulatoires et ronds.

Jean Marieu. Il ne voulait toujours pas donner de cours. Je l'ai supplié. Il a cédé, en posant ses conditions : pas de cours réguliers, un atelier de trois heures plutôt qu'un cours d'une demi-heure, du jeu mais pas de solfège, et une motivation en béton de ma part.

J'étais satisfaite.

Son prix était élevé, alors je ne prenais pas le train, j'allais en auto-stop de Nîmes à Montpellier pour économiser quelques francs.

Quelle belle découverte, ce saxophone !

Jean Marieu m'accompagnait à jouer *avec* mon instrument. Je pouvais souffler sans que le son ne sorte, je pouvais faire autant de couacs que je voulais, Jean m'avait donné les bases, le placement des doigts, et il me laissait expérimenter mon propre jeu. Parfois il me donnait des « devoirs » ; une partition, enfin, un papier avec quelques repères de doigts, que je pouvais jouer en boucle ou en désordre ! Jean était un très bon professeur.

En allant faire des réglages de mon saxophone, je rencontrai un jour un trompettiste à l'atelier.

Me voyant avec mon instrument, il me demanda si je voulais jouer dans sa peña. Une fanfare: *les Passoires.*

Je trouvais que c'était une bonne idée pour souffler, m'entraîner et jouer de mon instrument. Je me suis accrochée, j'étais persévérante, présente à toutes les répétitions. Les contrats de l'été étaient des animations dans les fêtes votives de villages. L'ambiance est particulière : au retour, ils étaient tous imbibés de pastis. Et l'humour était grossier.

C'était très éloigné de mon monde, je n'avais pas envie de rire de leurs blagues lourdes, je n'avais pas envie de devenir alcoolique non plus.

Puis, Jean Marieu partit de plus en plus souvent en tournée, nos ateliers étaient de plus en plus rares. Il m'avait fait découvrir le saxophone, j'avais à présent envie de passer à autre chose.

Je me rapprochai de l'association de jazz de Nîmes, un haut lieu du style, j'y rencontrais des saxophonistes remarquables. L'un d'entre eux, célèbre, donnait des cours au Jazz Club. Je tentai.

Bon musicien, mais son enseignement ne m'a pas fait progresser. J'avais envie d'aborder la technique, soit, mais travailler sur trois accords pendant une heure, sur la répétition de la gamme pentatonique pendant 5 cours m'a semblé trop rébarbatif. Je me décourageai au fur et à mesure. L'enseignant ne faisait aucun retour, il annonçait ce qu'il y avait à faire, et nous, nous faisions. Au bout d'une heure, il nous disait que le cours était terminé.

J'ai cessé le saxophone à ce moment-là. Plus du tout motivée.

Je n'avais plus de motivation non plus pour le théâtre, j'avais transformé mes cours hebdomadaires en stages de week-end. J'avais perdu beaucoup de clients par mon manque d'entrain lors des interventions et cette nouvelle organisation, concentrée en fin de semaine, ne convenait pas à tout le monde.

De plus, les soirées entre théâtreux m'ennuyaient : on y parlait trop, on se gargarisait avec des mots, on « psychologisait » chaque échange.

J'avais également refusé des propositions de rôles dans des compagnies de la région.

Je n'étais plus à ma place, ni au bout du bec du saxophone ténor, ni au théâtre.

Je sentais que le théâtre et le saxophone me quittaient.

Je ressentais en moi un changement profond.

Mon corps se repositionnait dans un environnement mutant. J'étais en train de quitter une forme de vie ; j'étais dans un déséquilibre instable.

Je décidais de ne rien entreprendre, de cesser les cours de théâtre, de ne plus jouer de saxophone.

Je maintenais le travail au Café-Théâtre comme un job alimentaire et sympathique mais je n'y voyais pas de perspectives d'évolution, Bertrand avait délimité mon champ d'action et il veillait à ce que je ne pense pas trop… en tout cas pas plus loin.

Mon effervescence interne se reposait.

Pendant environ 6 mois, la régularité des horaires de Café Théâtre rythma ma vie : coucher tard, lever tard.

Le grand écart

La seule chose qui finit par me manquer était de bouger physiquement. Les trainings de théâtre étaient assez intensifs et j'avais pris l'habitude de faire des efforts avec mon corps.

Je cherchai alors un cours de gym mais je me sentais comme une idiote à faire des mouvements imposés selon un rythme donné, qui n'était pas le mien, bien trop rapide et surtout sans intention.

Je n'avais pas été formée ainsi et j'étais bien trop rebelle pour me plier aux répétitions d'exercices en l'état.

Les cours de gym n'étaient pas pour moi, assurément…

Je cherchai alors un cours de danse, plutôt contemporain et pour débutants.

J'ai fini par en trouver un.

J'eus une extraordinaire révélation.

Je retrouvais ma liberté d'enfant. Je me souvenais tout à coup des grands moments de bonheur que j'avais vécu avec ma grand-tante.

Petite fille, je passais certaines vacances à Sarreguemines chez ma marraine, sa sœur Armande, ma grand-tante, faisait le ménage au conservatoire de Musique et Danse ; chaque fois, je tenais à l'accompagner.

Sur les lieux, Armande vaquait à ses occupations, j'avais 3 heures devant moi, je me faufilais dans les vestiaires, j'enfilais des chaussons de danse et je m'élançais dans la grande salle. Je m'observais du coin de l'œil dans le grand miroir. J'étais la plus belle et la plus grande des danseuses du monde. J'inventais un public qui applaudissait à chaque enchaînement de mouvements improvisés. Je me sentais si légère, si complète, que lorsque j'entendais les pas d'Armande se rapprocher, une grande déception m'habitait, je remettais vite les chaussons à leur place, nous repartions toutes deux fourbues.

Mon cœur battait de bonheur encore pendant quelques jours.

À ce cours nouveau de danse contemporaine, cette liberté enfantine retrouvée m'a habitée immédiatement. Le professeur, également chorégraphe d'une compagnie, m'encourageait sur les enchaînements dansés, me soutenait dans les exercices à la barre, riait très franchement lors de mes improvisations.

Je n'étais pas une technicienne, certes, mais j'avais une telle envie de bouger mon corps et de lui permettre de se raconter que je me sentais à nouveau à ma place…

Je devais juste « lâcher » les expressions du visage. En danse contemporaine, à cette époque du moins, on n'exprimait rien par le visage, il restait impassible, sans aucune expression.

Christine, le professeur chorégraphe, me proposa d'intégrer la compagnie, elle avait une commande du prestigieux Festival de Danse.

J'étais très fière.

Je travaillais d'arrache pied. Tous les jours, je prenais un cours de danse. Les répétitions commençaient dans un mois, je voulais être à la hauteur. Trois mois après le premier cours, je me retrouvai sur scène dans un spectacle de danse au festival, puis d'autres festivals s'enchaînèrent. Étais-je donc à présent une danseuse ?

En tout cas, j'intégrais le milieu des danseurs, très à l'écoute du corps, toujours en train de s'étirer, de se masser, chaque instant semblait utile pour travailler telle torsion ou telle ouverture.

J'expérimentai quelque temps les prestations scéniques auprès de divers publics, la rue par exemple : la danse dans l'espace public n'était pas facile, à cette époque.

Françoise, une amie danseuse et moi avions monté une petite chorégraphie avec d'immenses capes que l'on tournoyait, que l'on déployait autour de notre corps avec une pointe d'attitude flamenco. Nous sommes parties en Espagne pour nous produire sur les places publiques. Barcelone a été notre terrain de répétition. Nous avions débuté sur une petite place où nous nous étions surtout bien assurées que personne ne passerait puis, de jour en jour, prenant de l'assurance, nous avons fini sur la Rambla avec un petit spectacle agréable à jouer et qui nous rapportait quelques pesetas.

Une fois la chorégraphie au point, nous sommes parties sur Valencia. Nous avons joué ce spectacle dans des discothèques au bord de la plage ou autour de la piscine et nous avons même amusé les villageois d'un hameau perdu dans la montagne pour sa fête annuelle.

Nous sommes rentrées en France avec quelques sous et des souvenirs dansants.

À cette époque, la danse contemporaine explosait. On découvrait des chorégraphes très innovants comme Gallota, Chopinot,

Découflé, Marin, Nadj, Bagouet. J'accumulai les stages avec ces chorégraphes.

Je rencontrai également Albert, il enseignait, non pas véritablement la danse, mais la légèreté dans le mouvement : il considérait le corps comme une joaillerie très efficace si on en saisissait son organisation et le sens que l'on voulait donner à son élan. Souvent, nos enchaînements étaient sautés. Les sauts étaient un réel défi à la pesanteur.

Je découvrais, à cette époque, toutes les techniques corporelles comme le Tai chi chuan, le Feldenkrais, la méthode Mathias Alexander.

Je quittai le Café Théâtre et me consacrais uniquement à cette nouvelle aventure.

J'explorais mes limites et trouvais des chemins, des circuits pour les dépasser. Je me sentais pleine. J'appréhendais le lien entre l'esprit et le corps. Je captais la complexité de la représentation du schéma corporel. L'expression par le corps me semblait alors vraiment essentielle. Je comprenais aussi que j'abordais une étape de structuration. La danse est une discipline. Organiser un mouvement, le maîtriser, le répéter, le maintenir vivant jusqu'à sa transformation en un autre geste étaient des états qui me stimulaient, me remplissaient, m'obstinaient, me rendaient heureuse et revisitaient mes fondations..

Je faisais des rencontres passionnantes, les danseurs sont des chercheurs. Je découvrais des personnalités étonnantes, des styles, des exigences, des excès aussi. Parmi tous ces « mouvementés », il existait aussi des « mal dans leur peau », des pervers qui savaient humilier par le corps.

Je fuyais ces gourous extrêmes.

Je pourrais résumer cette période par une expérience qui m'a bouleversée et laissé une empreinte indélébile qui traverse tous les filtres que l'on peut mettre en place par injonction, par mimétisme, par inadvertance…

Je travaillais donc avec Albert ; lors d'un cours, il me demanda de faire le grand écart.

Le grand écart, je ne l'avais jamais fait, je n'étais pas très souple, pas technicienne non plus, cette figure représentait pourtant l'un des symboles majeurs de la danse.

Malgré ma réponse négative, Albert insista : « *Tu peux le faire.* »

Il s'approcha de moi, me fit une manipulation sur les adducteurs, un geste assez douloureux d'ailleurs, issu d'une méthode dite « rolfling ».

Puis, très doucement, il me murmura : *« Vas-y. »*

Je m'accrochai à son regard bienveillant, une jambe devant, une jambe derrière et je me sentis descendre, descendre jusqu'à ce que mon entrejambe touche le sol. Je venais de faire le fameux grand écart. Je me sentais bien, posée, plantée, ancrée. Je n'avais plus envie de bouger, ma place était là à cet instant. Mes jambes me semblaient loin de moi, comme des pointes de compas indiquant une direction opposée.

Je n'ai jamais pu refaire cette figure, jamais. En revanche, cet instant m'a beaucoup appris.

Ma représentation, ma croyance sur mes possibilités pouvait être illusion. Il y avait un « grand écart » entre ce que mon corps pouvait faire et ce que je croyais qu'il était en capacité de faire. Cette révélation est devenue une philosophie, le point de départ d'une autre façon d'appréhender ma vie.

Il y a ce que je crois, ce que je peux, ce que je veux.

Albert m'avait donné la permission, m'avait autorisé, et j'ai été capable de me dépasser, de différencier ma représentation d'une certaine réalité.

Depuis, je me fous complètement du grand écart, évidemment.

L'expérience vécue de l'accompagnement d'Albert m'avait donné également le goût d'encourager, de transmettre. Je proposai alors des stages que j'appelais à cette époque « la présence-mouvement ».

Je trouvai un public de comédien, de plasticiens et de danseurs intéressés. Pas de la danse, surtout pas de technique, mais le plaisir de bouger, de trouver le chemin du mouvement juste de l'instant, à partir de mouvement basique et d'improvisations.

Je rencontrai une kinésithérapeute-danseuse reconvertie par la passion de l'anatomie et me mis à étudier les os, les muscles, la peau.

Le mouvement juste prenait de plus en plus de sens. Trouver l'impulsion qui envisage le mouvement naturel puis donner toute son intention pour qu'il soit expressif. La danse suggère.

Je m'amusais des mises en jeu os-peau. Je « court-circuitais » les muscles superficiels et jouissais de la fluidité. J'étais avide de sensations. Je faisais des stages, je répétais, je dansais les chorégraphies de Christine. Je gagnais ma vie en tant que danseuse, même si on continuait à m'appeler « la comédienne. »

Un jour, en stage, je découvris la technique Decroux, du mime contemporain.

On y apprenait des gestes encore plus expressifs mais qui étaient à cette limite entre le concret et l'abstrait. Et comme la danse m'avait envahie, cette technique là fit de même. J'explorais les mouvements contenus, saccadés, limités, répétitifs, il y avait même « l'antenne d'escargot », j'étoffais ma palette. J'enrichissais mes possibilités avec d'autres teintes, d'autres rythmes, d'autres intensités.

Invitée à intégrer la Compagnie de Mime à Paris, je quittai sans regret Christine et sa danse, j'en avais fait le tour.

Dans la nouvelle compagnie de mime, on m'appelait « la danseuse »

Pouce et gros orteil

Je me retrouvai donc à Paris. Nouvelle vie, nouvelle technique, nouvel environnement.

Je travaillais dur.

Presque tous les jours, je partais en train en banlieue pour aller m'entraîner avec la compagnie de mime contemporain.

Je faisais tous les stages proposés par les chorégraphes en vogue agglutinés à Paris.

J'étais au cœur de la Danse Contemporaine.

Je passais des auditions, je travaillais pour plusieurs compagnies à Paris et en Province. Je m'absentais assez souvent pour partir en tournée : Maroc, Belgique, Suisse, Espagne. Nous vivions intensément la danse.

Je me souviens de cette tournée au Maroc : le théâtre était splendide et l'équipement du dernier cri, mais il fut impossible d'utiliser les projecteurs car personne ne savait se servir de l'ordinateur, alors, nous n'avions que trois lampes sur scène pour nous éclairer. Le sol était un vieux plancher, or, nous étions pieds nus et souvent au sol, j'avais aussi une longue marche à genoux à réaliser, mais il n'y avait aucun tapis de danse dans tout le Maroc. Et pour finir, nous devions danser avec le portrait du roi comme unique décor mural.

Je me souviens que nous avions beaucoup improvisé ce soir là…

Je dansais également dans tous les festivals prestigieux de France, en Off et en In. Parfois je prenais des contrats pour les télévisions, pour des événements ponctuels, pour des figurations dansées.

Je n'oublierai pas les salaires qui me semblaient excessifs pour les trois minutes de mouvements derrière Claude Nougaro ou… Mireille Mathieu.

Je dévorais du mouvement ; se mouvoir me procurait tellement d'émotions qu'il me semblait ne respirer que par les pores de la peau, sentir l'air sur l'épiderme, jouer avec, le calibrer devenait mon activité principale.

On me prenait comme comédienne dans les compagnies de danse et comme danseuse dans les compagnies de théâtre. Parfois, cette posture m'incommodait mais elle me permettait d'avoir un statut particulier : j'avais souvent des solos.

Je continuais à animer des stages de « présence mouvement » ; divers publics étaient intéressés. J'avais un groupe de musiciens du conservatoire de Lyon, essentiellement des violonistes, qui devenait fidèle et organisait des rencontres régulières. J'explorais avec eux, la justesse du son par l'attitude corporelle, la liberté de jouer, la fluidité des enchaînements techniques par la conscience du fonctionnement mécanique du corps.

Une troupe de Théâtre de Rouen me sollicita également pour ses créations. Avec eux, je cherchai l'essentiel du mouvement, l'économie du geste et je tentai de gommer tous les parasites inutiles dans l'expression désirée. Je travaillais en étroite collaboration avec le metteur en scène, je dirigeais les acteurs à partir de leur potentiel et leur capacité physique.

Les plasticiens me demandaient de les accompagner sur la trace « juste », le mouvement sans obstacle, la liberté au bout du pinceau.

J'expérimentais aussi le mouvement avec le public non professionnel. Je donnais des cours régulièrement auprès d'amateurs, j'animais des ateliers en banlieue parisienne sur le lieu dit « la Dalle », d'ailleurs j'étais intervenue juste après des émeutes qui avaient détruit le centre commercial... Un vigile m'avait accompagnée les deux premiers jours, le temps que je trouve mes protecteurs parmi les jeunes du quartier. Il y a parfois des lois locales qui paraissent farouches, mais témoignent surtout d'une prise d'identité.

Mes protecteurs m'avaient prévenue : de la danse, OK, mais pas des trucs de « pédés », et bouger mais sur leur musique à eux.

J'ai ainsi découvert le Rapp. J'ai pris le temps de l'écouter, de le comprendre, de le danser.

L'été suivant, j'ai créé un solo de danse contemporaine sur une musique de Rapp, « soliloque » avec des musiciens en direct, nous avions été programmés sur des festivals. Puis, j'ai travaillé avec eux pendant six mois, entre animation de stages et recherche de sonorités et de rythmes pour ma danse à moi…

Ma danse à moi se situait entre le théâtre et la danse.

Au théâtre, le corps est compact et possède des limites ; en danse, le mouvement est le prolongement du corps.

L'expressivité en est différente. J'aimais jouer avec ces frontières, ces densités. J'aimais mettre la parole là où on ne l'attendait pas.

Je me sentais musicienne du corps et particulièrement improvisatrice.

Ces multiples activités riches en expériences et en rencontres me demandaient de me recentrer.

Je persévérai également dans la technique du tai chi chuan, j'avais trouvé des cours et je pratiquais régulièrement dans les espaces verts de Paris, au Buttes Chaumont, au jardin du Luxembourg. Je trouvais toujours un groupe en mouvement dans ces lieux magiques de Paris.

J'avais d'ailleurs pris l'habitude de donner mes rendez-vous non loin de ces manifestations méditatives, soit avant, soit après mes obligations professionnelles, je prenais le mouvement de tai chi au vol et rentrais dans la danse.

Je profitais aussi de la venue du Maître en la matière à la capitale pour passer certaines fins de semaine dans la bulle du tai chi chuan.

Le Maître mesurait un mètre cinquante, se déplaçait telle une plume, prenait une pose tel un arbre ; il pouvait transmette la force et la légèreté en une fraction de seconde. Une silhouette puissante. Je serais incapable de le décrire davantage. Il n'était plus une forme mais une énergie.

Le regarder se mouvoir permettait un apprentissage immédiat, on ressentait le prolongement de son mouvement, son empreinte, sa douceur et sa force.

Lors d'un stage qu'il animait, nous étions une centaine dans un immense gymnase, nous testions nos attitudes de défense, souples dans les bras mais ancrés dans le sol par la plante des pieds.

J'avais un partenaire qui me semblait immense, il devait faire un mètre quatre-vingts, il était trapu, le visage carré, il avait fait du karaté, il portait un kimono. J'appréciais beaucoup sa gentillesse et son humour.

72

« Vous êtes toujours en train de rire, vous deux ! » nous avaient dit nos voisins de combat.

Donc, mon partenaire avait pris le poignard en bois et devait s'approcher de moi en m'attaquant. Je devais alors faire une parade défensive, rapide, souple et efficace.

Ce que je fis. Seulement, à cet instant, j'ai cru que la terre s'arrêtait de tourner. Je me suis sentie si légère, j'étais comme dans un halo douillet et pourtant je venais de mettre à terre mon partenaire, j'avais senti comme un morceau de bois cogner mon avant-bras. « Le morceau de bois » était mon attaquant, j'avais vu son corps voler et retomber lourdement sur le sol et il me fixait de son regard clair et interrogatif.

Autour de moi, je sentais un immobilisme suspendu. Le temps s'était arrêté.

J'entendis le Maître me dire comme s'il m'avait chuchoté à l'oreille : *« Encore, continue ! »* et il poussait d'autres corps assaillants vers moi. J'étais dans une bulle que personne ne pouvait pénétrer, mes bras balayaient l'air et les corps « volaient » autour de moi, je ressentais une tranquillité intérieure, j'affichais un sourire que je ne pouvais me résoudre à lâcher. J'étais dans une autre dimension.

Puis, j'aperçus les stagiaires qui m'observaient, en un instant ils sont redevenus des spectateurs, je perdis alors cet instant magique, comme un château de cartes qui s'écroule, je revenais dans une réalité. Puis, dans une grande expiration, tout redevint climat de labeur et chacun reprit ses exercices de défense.

Après cette expérience éprouvante et généreuse, j'ai eu besoin de m'isoler.

Le Maître vint me voir : *« Pouces et gros orteils pas assez forts ! »* dit il en me caressant l'épaule.

Quelques jours plus tard, je quittai définitivement le tai chi chuan.

J'avais eu mon moment de grâce.

Cette force fluide m'avait habitée un instant bref. Le tai chi chuan m'apparut alors comme un simple support à ma quête. Je venais de saisir cet instant d'unité, ce mariage entre la puissance et la fluidité. Ma perception de la force venait de m'éclairer. Je comprenais alors cette légende qui disait qu'un oiseau sur le bras d'une personne dans un mouvement de tai chi chuan ne pouvait prendre son envol, ne pouvait trouver un appui de propulsion pour s'élancer, le corps faisant un tout avec l'univers solidarisé dans un instant de perfection.

Ma vision de l'essence d'être venait encore de s'enrichir, les os représentaient les fondations, la structure ; les systèmes de leviers et les volumes s'organisaient autour de cette conscience de sentir l'air sur la peau et de l'étirer.

Je ne désirais plus que retrouver cette sensation de légèreté, d'évidence, de liberté. Je continuai à chercher comment jouir consciemment de cet état, de ce phénomène procurant la sensation d'exister.

Le fameux nez rouge

Paris, c'est bien l'endroit idéal pour vivre pleinement sa jeunesse.

J'étais amoureuse d'un homme formidable, nous vivions sur la Butte Montmartre, au cœur de Paris.

Point de départ idéal, de Paris il était aisé d'aller à Londres, à Amsterdam.

Un matin, sur mon oreiller, j'avais trouvé un billet d'avion aller-retour Paris Athènes... Et nous voilà partis visiter les ruines, les monastères, arpenter les collines d'oliviers, s'élancer dans les vagues... Nous dormions à la belle étoile, nous avions même passé une nuit dans le temple de Zeus à Olympe, nuit extraordinaire à la lueur de la pleine lune. Le réveil le fut moins, les gardiens nous ont surpris au petit matin, ils nous ont emmenés dans un centre de police où une fouille minutieuse a permis de nous innocenter et de nous relâcher : nous n'avions pas pris de sculpture ni le moindre caillou du site.

Heureuse et en mouvement donc, à Paris, je pris quelques cours de danse contemporaine, j'avais quelques petits contrats dans quelques compagnies et surtout je développai mes stages de présence-mouvement.

Pour vivre décemment, je faisais aussi quelques jobs que je trouvais par-ci par-là, comme du « phoning », j'avais fait une enquête sur le port de la minijupe et sur la marque de voiture Citroën ou des extra dans les restaurants de la capitale, ou des chorégraphies pour les défilés du salon du prêt à porter

J'étais aussi modèle aux Arts Déco, j'y gagnais trois sous, je profitais des conseils des professeurs pour mon propre trait de crayon : « *Vous êtes graphique !* » disaient-ils. Et j'expérimentais la présence mouvement dans le silence des pinceaux.
Je vivais à fond.

J'allais aussi au foyer africain boulevard Charonne, faire « l'écrivain public » J'écrivais, sous la dictée, de longues lettres aux familles restées au pays ou parfois des lettres administratives en échange d'un poulet au mafé servi dans une bassine en plastique.

Après le repas, on se retrouvait dans une chambre en mâchant de la noix de cola, il y avait celui qui me dictait la lettre, ceux qui venaient écouter, ceux qui habitaient la chambre ; nous étions parfois une vingtaine dans un petit espace.

Les Africains ont la joie de vivre et je garde un souvenir très agréable de ces échanges écriture-repas.

Tous ces petits travaux me permettaient aussi d'approfondir certaines techniques comme l'Alexander ou le Feldenkrais dont les cours étaient assez onéreux.

Je commençais à être connue dans mes propositions de stages, je construisais aussi ma « réputation », ma « promotion » personnelle, j'offrais des nez de clown aux participants de mes interventions. On me demandait.

Une association de danse de Bourges m'appela un jour pour animer un stage pendant le festival. L'objectif était de sensibiliser les musiciens, les chanteurs au mouvement.

Parfait, je me sentais la bonne personne. En effet, pendant trois jours, nous avons « bougé » beaucoup, un peu, passionnément, à la folie et surtout subtilement.

Les corps se sont exprimés dénués de tout préjugé, les improvisations nous ont fait rire et pleurer et chacun est reparti avec son masque : le fameux nez rouge.

Ce stage avait revisité mes recherches, j'avais insisté dans ma pédagogie, sur le laisser faire. J'avais lu quelques textes sur le mouvement fondamental, et je souhaitais expérimenter quelques exercices avec des non professionnels du mouvement. Il s'agissait d'être face au public et de ne rien faire, c'était extrêmement difficile.

Nous ne sommes pas des êtres neutres, nous exprimons toujours quelque chose.

En tout cas, la proposition était de prendre le temps de ce rien et permettre le mouvement, infime ressenti qui pouvait ou non éclore, et ensuite grandir dans cette ondulation, ce cercle pour y déposer une intention et enfin exprimer un sentiment, une attitude.

Nous avons vécu des moments magiques. Le mouvement juste sans entrave, dans le bon tempo déclenche une émotion et donne une présence puissante.

Je repartais avec quelques nouvelles perspectives de travail et un gros chèque.

En rentrant à Paris, en bas de mon immeuble, une agence de voyage annonçait des promotions pour le Chili.

J'entrai dans la boutique et pris un billet pour Santiago du Chili.

En un éclair, il m'était apparu indispensable d'aller constater si dans l'hémisphère sud, de préférence dans un désert, le mouvement circulaire naturel du corps allait plutôt de la droite vers la gauche.

Je me suis souvenu de la règle du sens de l'écoulement de l'eau dans le lavabo selon l'hémisphère. En était-il de même pour le mouvement fondamental et naturel du corps ? Je voulais expérimenter ce nouveau laisser faire dans le désert de l'Atacama.

J'avais toujours dans ma poche le fameux nez rouge.

Santiago du Chili

Santiago du Chili, l'arrivée est gigantesque.

La Cordillère des Andes est spectaculaire. J'en ai eu des larmes d'émotion. L'avion survolant la chaîne de montagne, les terres inondées étaient un miroir, reflet du ciel. Vision magique.

À la descente de l'avion, j'entrevois beaucoup d'hommes en uniformes, il fait froid et humide, je suis le mouvement de la foule : contrôle des papiers, vérification des bagages, puis j'entre dans un bus à destination du centre ville de Santiago.

Je me sens fatiguée, les gens parlent fort.

Dans la poche de mon sac à dos, je prends l'adresse qu'une amie m'a laissée avant mon départ, un contact lointain qui pouvait peut être m'accueillir à mon arrivée, elle n'avait pas réussi à le joindre avant mon départ, mais je décidai d'aller dans la direction de ce contact.

Depuis mes aventures aux îles Canaries, j'avais une grande satisfaction à me retrouver dans des endroits inconnus, tout est possible en ces instants. Le corps s'adapte à un nouvel environnement, il peut même nous surprendre à modifier nos comportements, nous suggérer nos changements de point de vue.

Une nouvelle vision nécessite beaucoup d'observation, d'écoute et de patience. Les cinq sens se maintiennent en ébullition afin d'inter agir de façon pertinente avec tous les nouveaux éléments en présence.

Santiago m'est apparue comme une grande ville étendue, des quartiers bien délimités, quelques axes routiers principaux desservis par des bus bondés et un métro désert.

L'adresse de mon contact était justement à un croisement de l'avenue Francisco Bilbao et l'avenue Salvador, derrière les immeubles de la grande artère se trouvaient la misère et les endroits mal famés, de véritables coupe-gorge…

Je trouvai l'appartement de Lino.

Quelques rares meubles occupaient le logement sale, quelques lits jonchaient le sol, l'odeur y était peu supportable.

J'évoquai rapidement mon amie lors de ma présentation, Lino m'accueillit alors avec le sourire, me fit entrer, me proposa un café et s'excusa du désordre, il y avait eu une fête la veille et il se réveillait à peine.

Lino parlait français, il était photographe. Il me proposa un hébergement si je le souhaitais, je participerais ainsi au loyer.

Plusieurs personnes habitaient ou « squattaient » ; ici, je pouvais choisir un lit et un espace. J'avais envie de poser mon sac à dos et de prendre une douche. J'acceptai la proposition, j'étais très fatiguée du voyage, je pris une chambre avec vue sur la rue. Je commençais par y faire le ménage puis je m'installai sous les couvertures… C'était l'hiver et l'appartement n'avait pas de chauffage.

C'est Lino qui vint me réveiller avec une tasse de thé, j'avais dormi plus de 5 heures, il faisait nuit.

Lino me proposa de l'accompagner voir un spectacle de théâtre, il connaissait le metteur en scène, il avait fait des photos pour lui. J'acceptai volontiers. Je plongeais dans la bourgeoisie chilienne, seule catégorie à pouvoir se payer une place au Théâtre. Lino me présenta à plusieurs personnes : être Française était bien vu.

Je rencontrais le Directeur du Centre culturel français, notre conversation alla rapidement sur les innovations de la danse contemporaine en France. Je lui racontai mon parcours, mes rencontres, mes recherches sur le corps et l'objet de mon voyage…

Il éclata de rire !

Je venais de le séduire.

Il me proposa alors d'animer un stage de présence- mouvement auprès des danseurs de Santiago. Il souhaitait que je les amène à improviser davantage, à trouver « une gestuelle culturelle » ; il prétendait qu'ici après la dictature on ne savait plus très bien ce qu'était la création propre au pays, il y avait une crise d'identité, on copiait facilement les Américains ou les Français ou alors les spectacles reprenaient inlassablement les histoires issues de la dictature. Et de ce fait, les personnages en théâtre ou en danse étaient soit des bourreaux soit des victimes.

« Il faut bousculer tout ça et être moderne. » disait il.

Il lui fallait deux mois pour préparer, administrer, organiser et communiquer ce stage.

J'étais ravie.

Je restai une semaine à Santiago. Je rencontrai, grâce à Lino, le milieu des comédiens et des danseurs, je les informai du stage, je leur présentai mon travail, ils me présentèrent leurs travaux.

Ils n'avaient pas de moyens, ils étaient en train de renaître, d'émerger d'une période de non-création qui les avait paralysés.

Ils étaient aussi à fleur de peau, prêts à bondir pour s'exprimer, tout en ayant encore la peur au ventre. Cette hyper sensibilité me touchait. Personne ne semblait vouloir véritablement imploser ou exploser mais la tension était là, dans leurs regards, dans leur contenance, dans leur façon de bouger.

Je me remettais lentement à parler espagnol : j'achetai un dictionnaire espagnol/français pour parfaire mon vocabulaire adapté à la danse.

Je flânai aussi dans les rues de la capitale chilienne, la pauvreté me sauta à la gorge. J'ai souvent senti le danger imminent de l'agression possible.

Je visitai différentes régions autour de la capitale. Je suis allée passer quelques jours à Valparaiso. La vie en pente. Les maisons sont pêle-mêle, en tôle, en béton, en bois, en couleurs, accrochées à un versant de colline en attendant le prochain *tremblor* qui fait frémir la terre dans ces pays.

Les tremblements de terre sont fréquents au Chili, et on finit par vivre avec : je ne dormais plus nue, on m'avait prévenue dès mon arrivée : *« Reste habillée »*. J'avais toujours mes papiers d'identité et mon argent dans une sacoche autour du cou car, à tout moment, le ciel peut vous tomber sur la tête, il faut être prêt à tout quitter dans l'instant.

J'organisai aussi ma virée dans le désert de l'Atacama. J'irais à San Pedro de Atacama. Je prendrais un bus pas cher qui s'arrêtait souvent dans les hameaux et qui mettrait trois jours pour arriver à San Pedro au lieu d'une journée.

Pacha Mama

J'étais fourbue. Le voyage avait été très pénible, les sièges du bus étaient défoncés, j'avais peu dormi. L'ambiance avait été extrêmement bruyante, les gens parlaient fort, les animaux transportés, surtout des volailles, dégageaient une odeur forte qui m'avait incommodée. Nous étions deux à descendre à San Pedro de Atacama, le terminus.

À peine descendue du bus, la chaleur se posa sur mes épaules. L'endroit était désertique, en face de moi la cordillère des Andes et plus particulièrement le Licancabur, imposant.

Je déposai mon sac à dos à terre, je m'enturbannai la tête et le visage et je m'assis face au volcan. Il n'y avait personne. Il y avait le silence, la chaleur et ce tableau impressionnant face à moi. Magique… !

Le temps s'était arrêté, seul le découpage du sommet déchirait l'horizon vide.

Je suis restée un temps certain à contempler.

Je me suis sentie « disponible à », je ne savais de quoi allait être faite la minute qui allait suivre, mais j'étais là dans l'instant sans projet, juste présente à cet espace temps, seule, me semblait-il… Or, il parait que dans le désert, on n'est jamais seul.

Je me croyais donc seule quand je sentis une main me tapoter l'épaule, je n'avais rien entendu et ce geste me fit sursauter. Je me retournai et vis un visage buriné par le soleil, des yeux noirs et perçants, une bouche édentée, une chevelure noire et épaisse. Un homme sans âge me parlait, je ne comprenais rien. Il gesticulait, voulant m'emmener avec lui.

Je parvins à distinguer *« Por favor »* et *« mi mujer »* mais je ne saisissais pas le sens de ses paroles, je décidai tout de même de le suivre. Il me prit mon sac à dos, et me fit signe de l'accompagner. j'emboîtai son pas, nous arrivâmes à une palissade en tôle, il poussa une porte en bois qui séparait deux pans rouillés, et nous voilà dans une cour parmi les poules et un âne. Une maison en parpaings semblait en cours de construction, nous sommes entrés dans l'unique pièce, une femme était allongée.

L'homme posa mon sac à dos et m'invita à m'approcher de la femme alitée. Je ne bougeais plus : que voulait il ? Que me demandait il ?

Je me revoyais assise devant la Cordillère des Andes, tranquille, puis cet enchaînement d'événements que je ne saisissais pas vraiment m'amenant devant cette femme.

L'homme me poussait vers elle.

Je m'approchai, lui posai la main sur le front, ne sachant que faire.

L'homme tenta de m'expliquer avec une gestuelle bien à lui, il s'allongeait sur le sol, s'immobilisait, seuls ses yeux bougeaient et montrait trois avec ses doigts.

Je compris enfin que sa femme ne pouvait pas se lever et ce depuis trois jours.

Que pouvais-je bien faire ? M'avait-il prise pour un médecin ? Je tentai de lui dire que je n'étais pas médecin : « *No soy doctor.* »

Il me prit les mains et les posa sur les épaules de sa femme. Je décidai de tenter quelques gestes, ceux que j'avais expérimentés en Alexander, en Feldenkrais et lors d'échauffements en danse ou en tai chi chuan.

Je mis une main sous la nuque de la femme et l'autre sous son sacrum, je fis de petits mouvements oscillatoires de l'une à l'autre zone.

La femme me regardait avec un sourire.

Puis, je lui pris un bras et la tirais vers moi dans une torsion de tout son corps, je fis de même avec l'autre bras. On entendit des craquements.

J'osai la mettre assise au bord du lit, elle suivait mes propositions avec beaucoup d'attention. Son corps était docile, fluide.

Elle avait toujours un sourire au coin des lèvres.

Je me risquai à la lever sur ses deux pieds, la soutenant sous les bras.

Nos deux visages se retrouvèrent face à face, et elle se mit à rire : « *Mucha gracias, senorita.* »

Elle fit quelques pas très lentement, regarda l'homme, alla vers lui d'un pas plus alerte et inclina sa tête à plusieurs reprises. L'homme me dit alors : « *Mucha gracias, Bruja Condor.* »… La sorcière condor.

Alessandro – c'était le prénom de l'homme – m'expliqua que mon nez et mes yeux bleus lui faisaient penser aux aigles.

Alessandro et Maria, c'était le prénom de la femme, riaient ensembles à présent. Je ne savais pas quoi dire. Alessandro prit une bouteille, en renversa quelques gouttes sur le sol : « *Para la pacha mama* » puis en versa dans un gobelet en plastique bleu qu'il me tendit, et but une gorgée directement au goulot.

« *Mucha gracias, Bruja Condor.* »

Ce liquide me brûla la gorge : du mezcal.

Maria s'était emparée de mes affaires et les disposait dans un recoin de la cour, derrière quelques planches et un toit en tôle, je la suivis. Sous l'abri, il y avait une couche : un tissu recouvrait de la paille.

« *Es tu casa* » me dit Maria en souriant. Elle semblait se déplacer avec entrain, on avait du mal à s'imaginer qu'elle avait été alitée quelques instants auparavant.

Je passai un mois et demi en compagnie d'Alessandro et Maria.

Alessandro m'emmenait partout. Tous les trois jours, nous allions chercher l'eau à la source : à l'aller, je montais sur l'âne puis, au retour, l'âne portait les bidons en plastiques colorés pleins d'eau.

Il échangeait ses poules et son alcool de cactus contre quelques légumes cultivés dans les montagnes.

La première fois qu'il m'emmena dans un village à 2000 mètres d'altitude, il me fit mâcher des feuilles de coke et marcher lentement. À notre arrivée, les enfants me jetèrent des pierres : ils n'avaient jamais vu des yeux bleus.

Plus haut, sur les plateaux, nous allions prendre des bains d'eaux chaudes. L'air extérieur était vif, surtout très tôt le matin, et le contraste avec la température de l'eau fouettait le corps et donnait une force incroyable.

Je me sentais très en forme.

Pour confectionner l'alcool de cactus, Maria et Alessandro se rendaient dans la vallée de la Luna, le soir de pleine lune.

J'ai eu la chance de pouvoir les accompagner. On mettait cinq heures pour s'y rendre à pied.

Cette vallée est magique, le soir de pleine lune, elle est bleue. On y voit comme en plein jour et le paysage est composé de pierres, de sable et de cactus. Alessandro coupait le cactus et Maria en récupérait le jus dans des jarres. Ils disaient que la nuit, comme il faisait froid, le jus chaud des cactus était le meilleur pour la préparation, il gardait tout son pouvoir.

Une fois la récolte faite, Alessandro creusa deux grands trous dans le sable, l'un pour les jarres, et l'autre pour nous allonger. Le sable était encore chaud, et il fallait nous « enterrer » pour dormir. Nous n'avions que la tête qui dépassait, nous pouvions ainsi contempler le ciel étoilé de constellations inconnues à mes yeux et échanger quelques boutades.

Je sentais mon corps au chaud et mon nez glacé !

Alessandro nous réveilla juste quand le soleil apparut. Il avait chargé l'âne, il nous fallait nous mettre en route rapidement, l'air était frais mais le soleil commençait déjà à brûler. Le sable dans mes vêtements me démangeait.

Puis, pendant toute la journée qui suivait cette expédition, dans leur petit enclos, ils préparèrent leur mixture.

C'est dans cette vallée que je voulus tenter mon expérience de « la force centrifuge », quelques jours après notre expédition. Cette idée me possédait comme l'un de ces fantasmes qu'il faut faire venir à jour…

Alessandro me confia son âne pour le voyage : je gagnerais du temps. Je voulais y être à la tombée du soir. Arrivée sur le lieu, le soleil était encore très chaud, je me couvrais la tête et le visage, à la façon des Touareg. Je pris des pierres pour délimiter mon espace, un très grand cercle et je me plaçai au centre. Je fis quelques exercices d'assouplissement et d'étirements, puis, je m'immobilisai.

Le temps passait. J'attendis longtemps, très longtemps.

Le temps est singulier dans le désert. Il est aussi silence.

J'appréciais cet instant, j'étais seule au milieu d'un cercle, en plein désert. J'étais ailleurs, transportée, sans limite corporelle. Mon corps fusionnait avec l'espace. Seul, l'âne me rappelait aux êtres vivants sur la planète Terre. Je ne sentais plus mes pieds sur le sol, d'ailleurs, je finis par avoir des fourmis dans les jambes.

Je crus percevoir les prémices d'un mouvement … Je voulus y croire.

En tout cas, c'était certain, j'avais envie de bouger. Le soleil se couchait et je me dis que quand il serait derrière l'horizon alors je franchirais l'étape suivante.

Je m'autorisai alors à « lâcher » le geste que je contenais depuis un moment. Ce fut un mouvement urgent de détente, je me suis mise à marcher pour délier mes jambes et mes bras engourdis, puis à me secouer afin de réveiller mon corps tout entier. Je fus soulagée, je me décrispai, je retrouvai la mécanique des articulations et ainsi ma fluidité.

J'avais plutôt froid à présent, le soleil avait disparu, la température baissait très rapidement et je n'avais qu'une envie : c'était de retrouver Alessandro et Maria. Mon expérience n'avait pas été concluante mais je gardais un excellent souvenir de cet instant puis le suivant : l'éclat de rire d'Alessandro quand je lui racontai en détail mon aventure.

Alessandro et Maria vivaient de leurs volailles et de leur boisson. Souvent, ils troquaient, rarement ils achetaient. Ils vivaient très pauvrement.

Un jour, au retour de la source, j'avais repéré un garage avec des vivres, le magasin de San Pedro, j'achetai un sac de farine de 10 kilos, de l'huile, des bougies, des tomates, de la bière et du chocolat. Maria fut enchantée de ces achats, en revanche Alessandro était fâché. Il fallut quelques heures et une bière pour qu'il accepte mes présents. Les gens fiers ont toujours besoin de raisons symboliques.

Un matin, plusieurs hommes vinrent demander à Alessandro de les aider à repeindre la chapelle de San Pedro. Je me proposai également.

Ils me regardèrent tous, très étonnés, les femmes ne faisaient pas ce genre de travaux. Alessandro leur dit que j'étais une *« gringa »*, cela servait souvent d'excuse. *« ... Y mas, una gringa bruja Condor. »*

Il leur raconta notre rencontre et nos aventures depuis mon arrivée, il parlait vite, je ne comprenais pas tout mais ils riaient tous à gorge déployée.

Je soupçonnais Alessandro de se moquer un peu de moi, mais, je pus les accompagner le lendemain pour repeindre la chapelle à la chaux.

Les Chiliens étaient joyeux, ils travaillaient dans la bonne humeur et à leur rythme.

On ne se pressait pas. À tour de rôle, ils s'absentaient pour aller boire une *« cerveza »* au bar.

Quand ce fut le tour d'Alessandro, je le suivis.

Et là, je découvris une toute autre facette de San Pedro de Atacama. Il y avait toute une organisation que j'avais ignorée. Dans les ruelles que je découvrais, il y avait plusieurs bars, des agences de voyages, des hôtels. Certes tout était sommaire mais voilà un mois que j'habitais dans ma cabane avec Alessandro et Maria et je n'avais pas exploré ce côté du village. La civilisation était au rendez-vous aussi, il n'y avait pas que les Indiens, les touristes étaient accoudés au bar en attendant le 4X4 qui les emmènerait dans les lacs d'eau chaude.

Je n'avais pas du tout soupçonné cette vie-là : ici, Alessandro m'avait préservée grâce à son mode de vie. J'étais abasourdie par la vie factice qui grouillait par ici. La consommation exagérée des étrangers me sautait à la figure.

Le soir même, je fis un tour dans ces bars ; je voyais le comportement des *« gringos »* Je me joignis à trois Français qui se saoulaient à la tequila frappée.

Je compris aussi que j'avais été adoptée par les villageois, j'apercevais des visages connus que j'avais croisés chez Alessandro et Maria ou à la chapelle. Ils venaient vers moi et me taper l'épaule : *« bruja »*, disaient-ils.

Je leur proposai une bière, on échangeait quelques mots, je m'apercevais que je parlais de nouveau couramment l'espagnol, comme je respirais.

Je faisais partie du paysage. J'avais un statut un peu particulier, *« l'amiga de Alessandro y de Maria. »*

À cette soirée, comme tout le monde, je m'enivrai.

Je passais une vraie belle soirée de *gringa*, avec les Français et en clin d'œil, avec mes amis villageois.

Une semaine avant mon départ, Alessandro me dit que je devais l'accompagner dans un endroit *« muy importante. »*

Maria ne semblait pas d'accord. Alessandro lui disait que c'était *« necessario, para ella. »*

Ils ne voulaient pas en dire plus.

Un matin, Alessandro me réveilla avec un bol d'orge et une galette : *« Vamos, bruja »*

Nous sommes partis tous les deux, à travers le désert. Arrivé au pied d'une colline, il s'arrêta. À cet endroit, les rochers semblaient sortir du sol comme suite à une explosion. Je suivis Alessandro entre deux rochers, un gouffre se présentait devant nous, il fallait descendre. Je le suivais, docile. Il n'y avait pas de chemin, nous nous en frayions un parmi les rochers à vive allure, la descente était rude. Arrivée sur une plate forme, je regardais derrière nous, tout en haut un petit halo de lumière rappelait l'entrée du gouffre, il était minuscule, nous venions de là haut…

Alessandro avait pris une gourde, il me la tendit, j'avais la bouche sèche et j'avais un nœud dans la gorge. Alessandro n'avait pas prononcé un seul mot depuis le départ, je ne posais pas de questions, l'ambiance était grave.

Il me regarda et reprit la marche, j'emboîtais son pas, je sentais le froid et l'humidité me pénétrer. Nous marchions plus lentement, par moment nous devons nous baisser pour ne pas nous cogner à la voûte, ensuite nous nous sommes retrouvés à quatre pattes, puis nous devions ramper pour avancer.

J'étais en train de réaliser que les parois de la roche ne laissaient passer que mon corps, je ne pouvais plus me redresser ni me retourner, seulement avancer comme un serpent. Prise de panique, je m'arrêtai. Alessandro le sentit. Il s'arrêta. J'entendis alors ma respiration et mon cœur battre très rapidement.

« Vamos, bruja » lança sèchement Alessandro. Le boyau semblait interminable, j'imaginais la montagne au-dessus de nous, nous étions dans une fissure. J'avais peur quand, au loin, j'aperçus un rayon de lumière, je sentis un élan me traverser, était-ce la sortie ? Je devais l'atteindre au plus vite. À ce moment, Alessandro accéléra, la paroi s'éloigna de mon dos, nous pouvions nous remettre à quatre pattes. Je sentais comme une force qui voulait sortir de mon ventre, dès que je pus me mettre debout, je poussai Alessandro pour passer devant lui. Je courais presque, j'avais envie de vomir. Arrivée à la lumière du jour, je me mis à hurler. Je poussai un cri rauque, long, très long. Je ne pouvais retenir cette voix méconnaissable, mon corps entier explosait au travers de ce son inhumain !

Puis, tout redevint calme, je m'affalai sur le sol, je me sentais liquide.

J'entendis la voix de Maria, elle était là avec l'âne… Elle me tendit un verre d'alcool de cactus. J'étais heureuse de la voir, je bus le liquide brûlant, puis, elle me prit les deux mains et les lava, elle me versa de l'eau sur la tête et essuya mon visage. J'étais abasourdie.

Nous sommes rentrés au village. Maria et Alessandro ne disaient rien, ils marchaient en me prenant la main de temps en temps. Moi, j'étais sur l'âne, toujours sous le choc. Une fois arrivée, je me couchai sur ma paillasse. Je ne parvenais pas à m'endormir malgré la grande fatigue que je ressentais.

Une fois la nuit tombée, Maria m'apporta un bol de soupe et s'assit sur mon lit. Elle m'expliqua que j'étais à présent une autre personne. Le passage sous la montagne était une étape initiatique pour les adolescents de San Pedro.

Alessandro pensait qu'ainsi je serais une vraie sorcière adulte. Les peuples d'antan étaient convaincus de la nécessité des rituels…

Je passai mes derniers jours avec beaucoup d'émotions dans mon corps. La vie était douce avec mes amis indiens. J'allais les quitter. Juste avant de monter dans le bus qui me ramenait à Santiago, Alessandro m'offrit un bâton de pluie ; moi, je glissai un peu d'argent dans la main de Maria. Je savais qu'elle accepterait, je lui avais laissé deux robes sur ma paillasse ; j'avais aussi réglé les ardoises qu'ils avaient au bar et à l'épicerie- garage. L'argent ne faisait pas leur bonheur, je l'avais bien compris, mais je ne savais pas comment les remercier à ce moment-là.

Je n'ai jamais plus eu de nouvelles de mes compagnons d'aventure. J'ai écrit, j'ai envoyé des colis et de l'argent mais jamais je n'ai eu de réponse. Un jour, j'ai cessé de les contacter.

De retour à Santiago, je retrouvai Lino encore embué par l'alcool ou d'autres substances. Il me dit que j'avais changé et m'annonça qu'on avait volé mes affaires : j'avais laissé quelques habits et des bouquins.

Je n'ai jamais su qui était le « on » voleur, mais cela m'était égal.

Je récupérai mon lit, c'était l'essentiel à ce moment-là. J'y passai deux jours, allongée, au chaud, j'entendais les gens de passage, les « chutt » de Lino quand cela devenait trop bruyant... Il passait parfois la tête par la porte et me demandait si je voulais un café, ou manger avec eux, ou quelque chose. Il prenait soin de moi.

Puis, je me suis levée : dans trois jours, j'animais mon stage avec les danseurs chiliens.

Je me mis à le préparer avec entrain.

Je déjeunai avec le Directeur du centre culturel français pour les dernières modalités, à mon arrivée au restaurant, il ne me reconnut pas. Je parlais couramment l'espagnol ; j'étais bronzée et surtout j'étais encore sous l'emprise de l'amitié de mes amis de San Pedro.

Le stage était complet, j'avais limité à vingt danseurs.

Je m'achetai un livre d'anatomie pour apprendre les parties du corps en espagnol.

Je travaillais un enchaînement simple avec des passages au sol, deux sauts et des gestes de la vie quotidienne typiquement française.

J'avais envie de connaître la gestuelle des Chiliens, celle de tous les jours.

Le stage a été d'une grande émotion, les danseurs chiliens étaient avides du travail sur la fluidité. Ils engrangeaient mes mots et les mettaient en mouvement. Ils tentaient de s'autoriser des soupirs corporels, mais la tension et les refrains nécessaires restaient de rigoureuses limites.

Nous étions encore sur la programmation de la dictature.
Les élans étaient dominateurs et risqués, les relâchements ne pouvaient apparaître que comme soumission…

Entre les deux, ils n'avaient pas de repère ; il leur semblait parfois ne pas pouvoir danser et la panique se lisait dans leurs regards. Ils tenaient leurs corps comme s'ils allaient leur échapper, chaque instant était objet de contrôle…

J'en fus bouleversée.

Il allait falloir du temps pour réinscrire une liberté sur ces corps meurtris et dépossédés.

Le perché

De retour à Paris, les points de repères que j'avais construits avaient changé et, par concours de circonstances, je me retrouvai isolée et sans logement.

Tout se transforme vite dans les grandes villes.

Mes relations avaient évolué sans moi et moi sans elles ; certaines personnes avaient quitté Paris, d'autres s'étaient orientés vers d'autres horizons, les spectacles créés ne tournaient plus trop et je n'avais plus de place dans les nouvelles créations. Les contacts dans le milieu artistique étaient à redéfinir.

Je me retrouvais plutôt seule.

Je trouvai un hébergement précaire dans un squat artistique, dans le quartier de la Goutte d'Or.

Une nouvelle vie s'annonçait.

Le squat regorgeait d'artistes de tout genre. Nous vivions tous avec très peu de ressources et la solidarité était active. Nous partagions souvent nos repas, nos soirées, notre espace.

J'avais soixante-dix mètres carrés pour moi et j'avais aménagé mon espace en récupérant des meubles ici ou là ; j'avais un coin cuisine, un coin chambre, un espace danse et un atelier peinture. L'ancien locataire était peintre et avait laissé quelques pinceaux, des tubes, un chevalet.

L'espace était découpé par les fils électriques qui pendaient, nous court-circuitions l'électricité de la ville avec une installation très instable : il nous arrivait souvent d'être plongés dans le noir pendant plusieurs jours, jusqu'à ce quelqu'un se décide à prendre en charge la réparation.

La plupart des artistes présents étaient plasticiens ou performers. D'ailleurs, le samedi soir, nous organisions des soirées « *Performances* ». Il m'arrivait de danser sur des compositions de mon voisin qu'on appelait « *le Perché* ».

Florian était en effet d'un autre monde, sa musique alternait entre « *new age* » et « *métal* ». Il aimait les dissonances et les sons industriels et, parfois, nous faisait glisser dans un univers planant avant de reprendre en main un rythme soutenu de casseroles persévérantes qui voulaient se rendre audibles.

Nous n'échangions que peu de choses, parfois pendant les repas. Il n'était pas bavard, disait qu'il agissait par la musique et n'avait pas besoin de parler davantage. Nos prestations se sont fait remarquer, nous étions invités dans les autres squats artistiques pour animer des soirées.

Je rencontrai d'autres artistes parmi lesquels je trouvai des contrats. Je bossais régulièrement avec un photographe ; je chorégraphiais des performances ; j'organisais dans mon espace des séances de dessin avec modèles et des stages de présence-mouvement.

La vie aurait pu être douce si la précarité et notre statut de hors-la-loi ne drainaient pas les risques inhérents à la situation.

Nous connaissions la peur omniprésente d'être expulsés du lieu. Nous avions organisé des réunions afin de mieux nous protéger des « intrus. » Les intrus étaient des personnes sans logis, qui n'avaient pas de projets artistiques, dont nous jugions les pratiques malhonnêtes, comme par exemple le vol de biens personnels, qui buvaient ou se droguaient à l'excès, qui avaient un comportement agressif.

Ces personnes faisaient naître entre nous de la méfiance et pouvaient modifier considérablement le regard que les gens du quartier portaient sur nous. Tant que nous étions polis, propres et pas trop bruyants, nos voisins d'immeubles ne disaient rien et venaient même parfois à nos soirées. Mais nous ne devions pas avoir une attitude provocatrice ou malveillante sous peine d'être dénoncés.

Nous avions établi un règlement intérieur afin de filtrer les entrées ; quand un espace se libérait, le nouvel arrivant devait être parrainé par l'un d'entre nous. Nous avions également décidé de mettre tout sous clef, suite aux vols.

La porte d'entrée, nos espaces, notre matériel étaient désormais cadenassés.

Il y eut plusieurs agressions nocturnes, jusqu'au jour où Florian, mon voisin qui tentait de s'interposer entre deux personnes qui se battaient, fut blessé au visage par un coup de couteau. Je l'emmenai aux urgences : rien de grave, quelques points de suture qui lui ferait *« une superbe balafre de métalleux »*, avait-il dit au médecin qui le prévenait des marques futures.

Cette mésaventure nous avait rapprochés et nous avions décidé d'occuper le même espace, le mien, pour la vie quotidienne et d'agencer son espace pour nos ateliers respectifs. Le calme ne revenait pas au squat, quelques mauvaises personnes généraient des tensions parfois sur des sujets artistiques, certaines performances étaient limites sado maso, parfois sur des sujets de pouvoir ou d'histoires de cœur… Je me sentais tout de même en sécurité de partager mon espace avec Florian, jusqu'au jour où nous nous sommes fait cambrioler. Tout notre atelier fut saccagé et on avait emporté tout le matériel son et les instruments de musique de Florian.

Le « Perché » atterrit avec fracas. Il arracha les fils électriques qui alimentaient le squat, défonça des portes, arracha les toiles peintes, détruisit les sculptures sur son chemin, hurlait dans les couloirs. Un vent de folie le traversait, personne n'osait s'approcher de lui.

Quand tout redevint calme, il fit ses valises et s'en alla. Sans rien me dire, sans se retourner. Je n'ai jamais plus eu de ses nouvelles.

J'errais dans les couloirs du squat, il n'y avait pas grand-monde à cette heure de la journée.

Tout me semblait étranger, à cet instant.

La peur de l'agression me collait encore.

L'illusion de l'univers artistique me quittait peu à peu.

Le froid m'envahissait.

Je fis mes valises, j'emportais mes affaires personnelles, je laissais « mes œuvres », mon tapis de danse, mes meubles. Je hélai un taxi.

Je me réfugiai dans une auberge de jeunesse, où j'avais réservé un lit au dortoir pour une semaine.

Miss In Extremis

Je trouvai un appartement au cinquième étage d'un immeuble magnifique quasi en ruines dans le 20ème arrondissement ; Belleville, un quartier bien animé. Je développais toujours mes stages, je faisais quelques jobs alimentaires, je continuais à dessiner et peindre, j'avais tourné le dos aux squats mais gardé quelques contacts avec des artistes de toutes disciplines.

L'un d'entre eux, Philippe, artiste de cirque, m'appela un jour. On venait de lui proposer un contrat qu'une grosse compagnie de théâtre ne pouvait honorer, c'était un événementiel, il fallait faire une prestation pour accueillir les invités d'une soirée du Ministère de la Culture au Cirque d'Hiver.

L'événement se déroulait deux jours plus tard.

Philippe me proposa le marché.

Il me fallut une nuit pour gamberger, ce challenge m'intéressait, l'état d'urgence me stimulait.

Au petit matin, j'avais mon plan. Je pris la journée pour m'imprégner des lieux, y trouver des parcours et des espaces scéniques, pour rencontrer les administrateurs et signer le contrat, pour faire quelques achats de costumes et d'accessoires.

Le soir même, je réunis une vingtaine d'artistes au Cirque d'Hiver, musiciens, danseurs, comédiens, artistes de cirque et un technicien et leur exposai mon plan d'attaque. Je pris un soin particulier à communiquer patiemment chaque étape, chaque action, je savais capter l'attention et provoquer l'adhésion au projet par une concentration mêlée de douceur et de détermination. Nous n'avions pas beaucoup de temps et ma capacité de persuasion se devait d'atteindre son maximum. Parmi les visages qui m'écoutaient, je retrouvai d'anciens partenaires de compagnies.

Je distribuai les costumes et les accessoires : des pyjamas, des peluches et des oreillers. Le thème serait : *« les ensommeillés »*. Après vérification des tailles, des coordonnées de couleurs et quelques blagues avec les peluches, je leur montrai un enchaînement chorégraphié. Il était très simple et rappelait les instants où nous tombons dans les bras de Morphée : quelques abandons et des sursauts. Ce serait notre refrain gestuel, à reprendre ensemble à chaque fois que l'on se croisait. Puis, nous avons mis au point quelques images avec les oreillers, en appui sur l'épaule d'une personne, en boule sous le bras, tête posée délicatement sur la forme douillette, en marchant, en courant, en s'immobilisant.

Les musiciens appartenaient à la même fanfare, ils pouvaient jouer quelques extraits de musique pour ponctuer le déroulement de cette action.

Les artistes de cirque avaient des numéros sous le coude : il y avait Frank l'avaleur de sabre, Joe le jongleur, Magali la contorsionniste ; ceux-ci pouvaient prétendre à des incursions au centre de la piste et prendre l'espace pour y faire leurs numéros.

Il fallait encore travailler la première image, l'entrée.

Je fis un croquis rapide de corps enchevêtrés, endormis sur les marches, accrochés sur la façade. Je le montrai aux artistes et chacun se plaça à l'entrée du bâtiment. L'image fonctionnait, restaient les lumières à mettre en place.

À minuit, la mise en scène était finalisée. Chacun savait ce qu'il avait à faire, il y avait aussi une grande part d'improvisation, accompagner les gens, se mettre en travers de leur route, dormir sur leurs épaules, notamment à leur arrivée et pendant la première partie de la soirée, et, nous avions des rendez-vous gestuels tout au long de la soirée.

Notre contrat cessait à 23 heures avant la partie dansante.

Cette soirée fut une grande réussite. Nous nous sommes beaucoup amusés et nous avons été très bien payés.

J'avais besoin de me reposer mais, le lendemain, je reçus un appel téléphonique pour un contrat du même type. Un organisme de formation important inaugurait ses locaux, les responsables avaient eu l'idée d'une inauguration festive, mais le temps les avait rattrapés et ils ne s'en étaient pas occupés. Il se trouvait que l'un des responsables de l'organisme était au Cirque d'Hiver quelques jours auparavant…

Le contrat était pour le lendemain soir.

Je me précipitai dans les locaux place de la République.

On m'attendait :

« Miss In Extrémis ! » me dit on à mon arrivée.

Frédéric Duclos, l'un des responsables, me fit visiter les bureaux, les salles de formation. Tout était en place, propre, net. Les meubles pratiques agencés méthodiquement attendaient leurs utilités.

Je leur demandai un délai de trois heures avant d'accepter. J'empruntai un espace, un bureau et un téléphone. J'appelai mon réseau d'artistes, treize personnes étaient libres pour le lendemain.

Restait à trouver l'idée de l'événement possible.

En allant vers la machine à café, je croisai un ouvrier qui râlait, appuyé sur une étagère en déséquilibre : il ne pouvait atteindre le tournevis sur la table à quelques mètres et me demanda de lui passer l'outil.

L'Idée surgit de là…

Je retrouvai Frédéric Duclos dans son bureau et lui exposai mon projet. Au fur et à mesure de mon énoncé, il écarquillait les yeux et des sons sortaient de sa bouche *« Ah »*, *« Euh »*, *« Mais »*, *« Hum… »* Quand j'eus fini, il me dit : *« Pourquoi pas…. »* Je le sollicitai alors pour donner les indications aux ouvriers. Il fallait démonter une grande partie des meubles. Les ouvriers me lancèrent des regards peu amènes mais s'exécutèrent.

L'espace bureau avait maintenant un air de chantier. Un véritable capharnaüm !

Le lendemain après midi, les treize artistes étaient présents.

J'avais acheté des maillots de corps de type « Marcel » ainsi que des bleus de travail. J'avais trouvé des tatouages éphémères, sorte de papier avec un dessin qu'il fallait humidifier et appliquer sur la peau quelques instants pour obtenir une figure décorative. Nous étions ainsi tous en costume de déménageur-ouvrier.

J'informai les acteurs du déroulement. Il fallait remonter les meubles avec l'aide des visiteurs lors du cocktail, et, parfois, occuper un espace mis en scène. Il y avait un trio de saxophone qui occuperait le bureau de Frédéric Duclos, cinq danseurs devaient enchaîner une chorégraphie d'une minute trente à l'arrêt musical, d'autres acteurs avaient chacun un geste répétitif à accomplir lors des déplacements.

Et il fallait obtenir la configuration désirée des bureaux telle qu'elle avait été conçue en quarante minutes.

La prestation fut un succès, les visiteurs s'amusaient avec les tournevis, ils portaient les étagères. Ils posaient un instant leurs verres et nous aidaient à soutenir un plateau de bureau pendant que les danseurs emboîtaient les pieds. L'ambiance tournait à la convivialité, les conversations s'animaient, des rencontres et les échanges devenaient faciles par cette action que nous prenions plaisir à mener.

Le champagne coulait à flots, Frédéric Duclos était ravi, moi aussi.

Nous ne nous sommes plus quittés pendant quelques mois.

Dès le lendemain, je me retrouvai dans son bureau à échafauder des projets.

L'événement avait intéressé des clients, des organismes de formation importants.

Frédéric Duclos me demandait d'intervenir au sein de formations. Il ne savait ni où ni comment, mais percevait une nécessité.

Je prenais connaissance de ces programmes et des thèmes qu'il dispensait. Je ne connaissais pas ce monde si particulier de la formation. On y emploie un vocabulaire technique, précis. Je comprenais les besoins qu'il avait d'innover et les réalités d'un monde du travail que j'avais ignoré jusque-là.

Nous étions en 1992, un nouveau phénomène apparaissait : les cadres perdaient leurs emplois. On ne l'avait pas prévu, on était cadre à vie, on pouvait gravir des échelons mais on n'imaginait pas la perte de l'emploi. Il fallait proposer des solutions. Les représentants des entreprises souffraient. Les gens privés de leur activité professionnelle sombraient dans une lassitude, une mélancolie...

Il fallait trouver une formule mobilisatrice, motivante.

Frédéric comptait sur moi et sur ma créativité.

Je ne savais pas faire grand-chose, si ce n'est monter des spectacles. Nous sommes partis sur cette idée.

Je me retrouvai donc « formatrice ». Je découvris tout un univers gris cravaté. Nous intervenions en binôme, Frédéric et moi. Je devais réaliser un spectacle avec les participants, de la conception à la représentation en public.

Je devais faire émerger une idée, faire improviser mes gens, puis répéter. Certains étaient plus bricoleurs, ils devenaient les techniciens son et lumière ; d'autres aimaient dessiner, ils étaient alors chargés de concevoir l'affiche ; d'autres, plus commerciaux, devaient trouver un lieu de représentation et un public. Tout au long de mes interventions, Frédéric traduisait mes propos et transférait mon déroulement en termes de méthode pour retrouver un emploi.

J'ai appris le sens et la terminologie d'un certain nombre de mots tels que : *brainstorming, objectif, moyens, évaluation, validation,* etc... Ce cadrage de ma façon d'agir m'apporta beaucoup. Une véritable passion m'envahit pour la méthodologie de projet. On pouvait planifier, anticiper, organiser, évaluer, redéfinir, optimiser une simple idée...

Je trouvai enfin une structure de pensée, je pouvais donc prendre la barre de mon navire et choisir mon cap... J'avais l'habitude de naviguer à vue.

Ce fut également un choc de découvrir un monde où la créativité était enfouie. Mes points de vue bouleversaient les modes de fonctionnement des stagiaires. Je paraissais décalée, j'ouvrais des portes « interdites. » Frédéric disait que je transmettais la vie. Beau compliment !

Les résultats étaient visibles, les participants retrouvaient le plaisir, la motivation, quelquefois du travail ou la perspective d'une reconversion. Ils étaient « remobilisés », disait mon co-animateur.

Les spectacles n'étaient pas d'une grande qualité, mais tout le monde se dépassait. Je veillais à ne pas faire prendre de grands risques ; il y avait peu de texte, surtout des déplacements, des mouvements, des attitudes.

Je prenais beaucoup de temps à concevoir une bande sonore et des éclairages adéquats pour composer des tableaux explicites afin d'éviter des rôles difficiles à jouer. Le public était souvent familial ou amical, acquis.

Je commençais à être connue dans le milieu de la formation, j'étais repérée pour ma compétence artistique et ses outils au service de l'insertion professionnelle.

Les contrats arrivaient chaque jour. Je rencontrais alors d'autres publics, les jeunes, les immigrés, les formateurs, les demandeurs d'emploi, etc.

Cette expérience m'emmena à mon tour à enfin me former. Une formation de formateur s'imposait.

Je mangeais de la technique, de la procédure, de l'évaluation tout en continuant à intervenir avec Frédéric. J'expérimentais, je m'enrichissais et devenais indépendante. J'intervins de plus en plus seule. Ça ne plaisait pas à Frédéric. Moi, j'intégrais les méthodes par la pratique. J'animais quelques stages de présence-mouvement selon les lois de la structuration de projet. Je pouvais être confrontée à tout type de public, je nageais comme un poisson dans l'eau. Ma créativité, ma réactivité, mon esprit de synthèse me permettaient de côtoyer les jeunes déscolarisés comme les hauts potentiels des entreprises...

J'ai tenté à plusieurs reprises de faire rencontrer ces mondes, les entrechocs des représentations divergentes permettaient d'ouvrir de nouveaux horizons.

Je me souviens de ce cadre désemparé, en recherche d'emploi, qui expliquait à ce jeune comment il souffrait de n'avoir plus de travail et donc moins de moyens financiers. Le jeune avait questionné : *« Mais t'as pas une maison à toi ?»* Le cadre avait répondu qu'il était en effet propriétaire d'une maison avec un grand garage et quelques voitures de course, certaines de collection. Le jeune lui avait suggéré de vendre une de ces bagnoles, celle qu'il aimait le moins. L'autre avait été interloqué, puis, après un silence, avait convenu que sa proposition était simple et lucide, mais qu'il n'y avait pas pensé jusqu'à présent, espérant préserver son capital…

Je découvrais le monde de l'Entreprise Cela m'amena à me perfectionner dans la réflexion sur le « travail » et les procédures.
Je me formais aux Normes ISO, animatrice Qualité. J'allais ainsi aux limites de la formalisation de l'organisation, chaque geste, chaque acte se devait d'être consigné pour satisfaire le client et repérer les espaces d'amélioration.

Décortiquer ainsi le fonctionnement, les rôles des acteurs, la relation avec le client dans le but d'améliorer la performance et la fiabilité d'une organisation devenait un jeu pour moi. Mettre dans des cases, je continuais à structurer, à me structurer…

Je m'interrogeais tout de même. Comment retrouver la créativité dans de telles contraintes ? Où puiser la sensation de liberté quand tout est détaillé, encadré, répertorié ?

Les expériences que j'ai eues en tant qu'animatrice de réunion Qualité dans les entreprises permettaient certes de répondre à des dysfonctionnements, d'améliorer des chaînes de production, de prendre en compte chaque individu dans sa fonction et dans ses tâches, de planifier, de mieux organiser, de faire en sorte que le client soit satisfait. Permettre la pleine conscience des nécessités du travail réalisé et des améliorations à mettre en place pour mieux travailler était un premier pas plaisant dans l'organisation des entreprises.
On autorisait la parole des employés, on définissait un projet avec les dirigeants, on tentait de mettre l'ensemble du personnel d'accord sur tous les points. Ensuite, la rédaction des procédures formalisait les tâches, on parlait même de management participatif à cette étape-là.
Puis, on classait, on gérait les documents, la machine semblait dégrippée, mais on oubliait trop souvent la main et l'esprit qui l'animait.
À chacune de mes interventions, nombre de résistances à cette démarche se sont exprimées. Les femmes et les hommes se ressen-taient comme des instruments dépendants d'un classeur de mode

d'emploi. Il manquait l'espace de la respiration, le temps de l'autonomie.

Je voyais des employés devenir acariâtres : on leur volait leurs valeurs autonomes.

Je ressentais l'emprisonnement peu évitable avec de telles procédures. Il aurait fallu intégrer la dimension humaine. Je m'identifiais finalement à cet enfermement...

J'étouffais. Je me sentais cristallisée. J'avais besoin de ressentir le mouvement de la vie avec urgence. J'avais encore cette envie de nouveau départ...

Le centre de gravité

J'avais besoin de ressentir le mouvement de la vie avec urgence.

Je l'ai senti, ce mouvement de la vie.

Dans mon ventre.

J'avais rencontré l'amour et son fruit.

J'attendais un enfant.

Je reprenais contact avec mes sens.

Je me retrouvais habitée.

Un bébé dormait dans mon ventre et me donnait des ailes. Je repris de plus belle les stages de Présence Mouvement et mis l'accent sur le ressenti du corps dans l'immobilité ou au cœur des mouvements lents.

Je dégustais chaque ondulation à l'intérieur de moi.

La conscience de mon corps se transformant éveilla chez moi un besoin de retrouver les gestes fondamentaux, se tenir debout, s'asseoir, se lever, être allongé, marcher… et les analyser.

Je dansais perpétuellement, je cherchais parmi les expériences passées les exercices les plus simples, les plus efficaces.

Je demandais à quelques stagiaires assidus de venir expérimenter des manipulations qui permettaient rapidement de comprendre la posture juste, personnelle.

Le toucher accélérait effectivement la compréhension de la mécanique du corps. On pouvait bouger en s'économisant dans un confort douillet. On pouvait être là sans contrainte, sans tension et ressentir la liberté du mouvement interne par une simple main posée sur le dos, sur l'épaule.

Je commençais à inventorier les exercices qui fonctionnaient à chaque fois sur des sujets différents.

J'écrivais ce que je faisais avec minutie, comme une procédure Qualité ! Je recueillais les témoignages et perfectionnais ainsi les propositions corporelles. Je cherchais à être efficace, directe avec peu de mots. J'évitais les abstractions dans mes explications, je voulais être concrète, mes livres de chevet étaient des manuels d'anatomie.

J'explorais la sensibilité d'un corps et tentais de réveiller son monde de sensations.

Je synthétisais toutes les techniques vues ces dernières années.

Et mon ventre s'amplifiait. Mon centre de gravité se déplaçait.

J'étais très heureuse de ma vie. Pleine.

J'ai travaillé jusqu'au 8ème mois de grossesse… J'enchaînais les stages et les expérimentations. Je classais méthodologiquement mes notes.

J'avais enfin fait ma découverte.

Je me posais enfin.

Traversée

Entrée en réanimation à 17h.

Arrivée le matin même au bloc, l'opération bénigne avait dû être interrompue, il ne restait plus qu'un filet de vie avant le coma, embolie gazeuse pulmonaire suite à une cœlioscopie. Cas rare.

Un réveil troublé par le brouhaha de blouses vertes autour de moi, on me parle. Je ne comprends pas un mot. Je n'ai pas l'impression d'être dans ce corps, attachée, ligotée, entubée, sondée, perfusée. Immobilisée. Un homme s'approche de mon visage, il sort un tube du fond de ma gorge. Mon corps bouge parce qu'on me soulève, on me tourne, je suis incapable de faire un geste. Puis, je me regarde allongée, survolant la pièce. Je n'ai plus de lien avec moi-même. Je me vois, plutôt souriante, jamais je ne m'étais perçue aussi détendue dans ce corps abandonné. Mes sensations, elles aussi, m'ont abandonnée. Puis, comme si l'on appuyait sur un interrupteur, subitement, il n'y a plus rien. C'est l'imminente mort.

Rien, ce n'est pas vraiment rien. Ce n'est pas noir, ni blanc, ce n'est pas rien.

Le rien est confortable.

Le rien est chaleureux.

Le rien est douillet.

Ce rien est autre chose, ailleurs, hors de soi.

Et toute cette histoire qui défile, ces épisodes décousus, rapides sans accroc, sans affect ni émotion.. Et cette description scrupuleuse mais sans véritable chronologie ni date. Ces événements qui tentent de s'enchaîner. Quid cette fille aux îles Canaries, la danse, le Chili, puis femme à Paris. Est-ce un songe?

« *Revenez, Madame* » : j'entends cette voix au loin, les paroles semblent agitées.

Un masque inconfortable collé sur le nez, un bip qui s'affole, les ombres vertes que je finis par entrevoir par intermittence. Une douleur intense me frappe dans le bas du dos.

« *Revenez s'il vous plaît* » : la voix devient suppliante.

J'aurais pu lâcher, juste pour ne pas faire l'effort de l'entendre et retrouver ainsi l'histoire de cette baroudeuse.

Accepter ce qui semblait être un tout irréel ou s'accrocher à ce fil sonore.

Le choix entre ce rien hors de soi ou la réalité d'un tout.

L'existence de ce corps ou sa dissolution.

Le néant ou les couleurs et les sons.

Le masque à oxygène me souffle dans les narines obstruées.

L'air ne rentre plus.

Je deviens roc.

Ma compréhension fuit par les pores de ma peau.

« Respirez, Madame. »

Tiens ! La revoilà. Qu'elle est lointaine !

Et puis, il y a toujours cette ligne obsédante en face de moi, cette frontière.

D'un côté, la destinée onirique de cette fille, de l'autre, le tout.

La mort est paisible. La vie semble alors difficile.

Tout à coup, un élan me traverse comme un mouvement pulsionnel, une fulgurance me brûle le centre du thorax.

Parmi les options qui se présentent, je décide soudainement de saisir ce son.

Je m'accroche à son intonation, comme à une corde secourable que l'on prendrait à pleine main ; là, c'est le corps tout entier qui s'en empare. Je lui réponds par une inspiration.

OK, la voix, je reviens, je respire.

J'abandonne mon aventurière.

Un soupir a rempli l'espace, le bip s'est calmé, les blouses vertes se sont immobilisées.

Je m'étais juste absentée un certain temps, j'étais dans un ailleurs.

Table des matières

www.ingramcontent.com/pod-product-compliance
Lightning Source LLC
Chambersburg PA
CBHW071109260626

47162CB00006B/2264